FIÓDOR MIKHAILOVITCH DOSTOIÉVSKI nasceu em Moscou, no hospital onde seu pai, Mikhail Andriéievitch Dostoiévski, clinicava. Mikhail, apesar de imprimir uma disciplina severa à família, incentivava um de seus filhos ao amor pela cultura. Em 1837, a mãe de Dostoiévski morreu precocemente de tuberculose. A perda foi um choque para o pai, que acabou mergulhando na depressão e no alcoolismo. Fiódor e um de seus irmãos foram então enviados à Escola de Engenharia, em São Petersburgo.

Em 1839, morreu o pai de Dostoiévski. As causas são controvertidas, e uma das versões é que o pai – que tinha fama de avaro e de violento – foi assassinado pelos servos enfurecidos com os maus-tratos. Dostoiévski culpou-se durante toda a vida pelo fato de, em várias ocasiões, ter desejado a morte do pai. Essa questão da culpa, que acabou transparecendo em sua obra, foi estudada por Sigmund Freud no famoso artigo "Dostoiévski e o parricídio", de 1928.

Em 1843, concluiu os estudos de Engenharia e obteve o grau militar de subtenente. Durante esses anos, dedicou-se à tradução, incluindo a obra de Balzac, um autor que ele admirava. Em 1844 abandonou o exército e começou a escrever a novela *Pobre gente*, obra que recebeu uma crítica positiva no seu lançamento. Foi nesta época que contraiu dívidas e sofreu o primeiro ataque epilético. À primeira obra, seguiram-se *Niétotchka Niezvânova* (escrito entre 1846 e 1849), *Noites brancas* (1848; **L&PM** POCKET, 2008), entre outras que não tiveram a mesma acolhida da crítica.

Enquanto isso, Dostoiévski engajou-se na luta da juventude democrática russa pelo combate ao regime autoritário do Tsar Nicolau I. Em abril de 1849 foi preso e condenado; em novembro do mesmo ano, acabou sentenciado à morte pela participação em atividades antigovernamentais junto a um grupo socialista. No dia 22 de dezembro, chegou a ser levado ao pátio com outros prisioneiros para o fuzilamento, mas, na última hora, teve a pena de morte substituída por cinco anos de trabalhos forçados na Sibéria, onde permaneceu até 1854.

A experiência abalou profundamente o escritor, que iniciou o romance *Memórias da casa dos mortos*, publicado em 1862 (**L&PM** POCKET, 2008). Alguns anos antes, Dostoiévski conheceu María Dmítrievna Issáieva, viúva de um maestro, com quem se casou em 1857.

Retornou a São Petersburgo em 1859, dedicando-se integralmente a escrever, produzindo seis longos romances, entre os quais suas obras-primas *Crime e castigo* (1866; **L&PM** POCKET, 2007), *O idiota* (1869) e *Os irmãos Karamazóv* (1880). É também dessa época a criação da revista *Tempo*, em cujo primeiro número apareceu parte de *Humilhados e ofendidos*, obra que também remete à sua experiência na Sibéria. A década de 1860 é marcada por viagens pela Europa, período no qual conheceu sua grande paixão, Paulina Súslova, que acabaria o traindo. Após a decepção amorosa, Dostoiévski voltou para a esposa, que morreu logo depois.

Solitário, endividado e tendo de sustentar a família do irmão recém-falecido, o escritor ditou, em 1866, *O jogador* (**L&PM** POCKET, 1998) para a sua secretária, Anna Grigórievna, com quem se casaria depois da recusa de Paulina em reatar o relacionamento. O livro foi um sucesso e colaborou para restabelecer suas finanças. Logo depois de publicar *Crime e castigo*, viajou com a nova mulher para Genebra, onde nasceu a primeira filha do casal, que viveu pouco tempo. A partir de 1873, passou a editar a revista *Diário de um escritor*, na qual publicava histórias curtas, artigos sobre política e crítica literária.

Em 1880 participou da inauguração do monumento a Aleksandr Pushkin, em Moscou. Na ocasião, pronunciou um memorável discurso sobre o destino da Rússia. No dia 8 de novembro do mesmo ano, em São Petersburgo, terminou de redigir *Os irmãos Karamazóv*. Morreu em fevereiro de 1881.

Livros do autor na Coleção **L&PM** POCKET:

Crime e castigo
O eterno marido
O jogador
Memórias da casa dos mortos
Noites brancas
Notas do subsolo

FIÓDOR DOSTOIÉVSKI

O ETERNO MARIDO

Tradução de NATÁLIA NUNES *e* OSCAR MENDES

www.lpm.com.br

L&PM POCKET

Coleção **L&PM** POCKET, vol. 986

Texto de acordo com a nova ortografia.

Título do original: *Vechnyj muzh*

Primeira edição na Coleção **L&PM** POCKET: novembro de 2011
Esta reimpressão: março de 2025

Tradução: Natália Nunes e Oscar Mendes (Tradução adquirida conforme acordo com a Editora Nova Aguilar, 2007)
Capa: Ivan Pinheiro Machado sobre foto de Dostoiévski © Rue des Archives
Preparação: Elisângela Rosa dos Santos e Patrícia Yurgel
Revisão: Patrícia Rocha

CIP-Brasil. Catalogação na Publicação
Sindicato Nacional dos Editores de Livros, RJ

D762e

Dostoiévski, Fiódor, 1821-1881
O eterno marido / Fiódor Dostoiévski; tradução Natália Nunes e Oscar Mendes. – Porto Alegre, RS: L&PM, 2025.
176 p. ; 18 cm. – (Coleção L&PM POCKET; v. 986)

Tradução de: *Vechnyj muzh*
ISBN 978-85-254-2491-4

1. Ficção russa. I. Nunes, Natália. II. Mendes, Oscar, 1902-1983. III. Título. IV. Série.

11-6513.   CDD: 891.73
              CDU: 821.161.1-3

© desta edição, L&PM Editores, 2011

Todos os direitos desta edição reservados a L&PM Editores
Rua Comendador Coruja, 314, loja 9 – Floresta – 90220-180
Porto Alegre – RS – Brasil / Fone: 51.3225.5777

PEDIDOS & DEPTO. COMERCIAL: vendas@lpm.com.br
FALE CONOSCO: info@lpm.com.br
www.lpm.com.br

Impresso no Brasil
Verão de 2025

Sumário

Capítulo I / Vielhtcháninov 7
Capítulo II / O homem do crepe 15
Capítulo III / Páviel Pávlovitch Trusótski 26
Capítulo IV / A mulher, o marido e o amante 36
Capítulo V / Lisa 43
Capítulo VI / Nova fantasia de um ocioso 54
Capítulo VII / O marido e o amante se beijam 61
Capítulo VIII / Lisa está doente 73
Capítulo IX / Visão 79
Capítulo X / No cemitério 87
Capítulo XI / Páviel Pávlovitch quer se casar 95
Capítulo XII / Na casa dos Zakhliébinini 105
Capítulo XIII / De que lado pende a balança 124
Capítulo XIV / Sáchenhka e Nádienhka 132
Capítulo XV / Ajuste de contas 141
Capítulo XVI / Análise 150
Capítulo XVII / O eterno marido 159

CAPÍTULO I

Vielhtcháninov*

Começava o verão, e Vielhtcháninov, contra sua expectativa, achava-se retido em Petersburgo. Sua viagem ao sul da Rússia fora adiada; além disso, seu processo arrastava-se, não vendo ele seu fim. Esse processo – um pleito por motivo de uma propriedade – estava tomando mau rumo. Três meses antes, parecia muito simples, quase indiscutível e, subitamente, tudo mudara. "De resto, acontece o mesmo com todas as coisas; tudo se estraga", repetia sem cessar a si mesmo, de mau humor. Contratara um advogado hábil, caro e conhecido, não havia poupado dinheiro; contudo, por impaciência e desconfiança, ele próprio se ocupara com seu processo: pusera-se a escrever relatos que o advogado se apressava em destruir; frequentava os tribunais, mandava fazer investigações e, na realidade, retardava tudo; por fim, o advogado se queixara e fizera-o comprometer-se a partir para sua casa de campo. Mas não podia resolver-se a isso. A poeira, o calor sufocante, as noites brancas de Petersburgo, que superexcitam e enervam, de tudo isso gozava bem na cidade. Morava, lá para os lados do Teatro Bolshói, em um apartamento que alugara havia pouco e que não lhe agradava. "Nada lhe agradava!" Sua hipocondria aumentava a cada dia, mas desde muito tempo era inclinado a ela.

Era um homem que vivera muito e largamente; com seus 38 ou 39 anos, estava longe de ser ainda jovem, e toda aquela "velhice", como dizia ele, chegara-lhe "quase que absolutamente de improviso"; ele mesmo compreendia que o que o havia tão cedo envelhecido não era a quantidade mas, por assim dizer, a qualidade dos anos, e que, se se sentia enfraquecer antes da idade, era mais depressa por dentro do que por fora. Ao vê-lo, bem se poderia dizer que era ainda um homem jovem. Era robusto, forte e louro,

---

* Literalmente: grandioso, opulento. (N.T.)

com uma cabeleira espessa, sem um fio branco na cabeça, e uma grande barba loura, que lhe caía quase até o meio do peito. A princípio, julgava-se que tivesse aspecto inculto e negligenciado; porém, examinando-se mais atentamente, descobria-se logo um homem muito bem-educado e afeiçoado às maneiras do melhor mundo. Conservara modos desembaraçados, altivos e até mesmo elegantes, a despeito do canhestrismo brusco que adquirira. E tinha ainda aquela afoiteza arrogante e aristocrática, de cujo grau ele mesmo não tivesse suspeita, embora seu espírito fosse não somente aberto, mas também sutil e dotado de incontestáveis qualidades de inteligência.

A cor de seu rosto claro e rosado tivera outrora uma delicadeza toda feminina e atraía para ele a atenção das mulheres; agora ainda dizia-se ao olhá-lo: "Que bela saúde! Sangue e leite!" Contudo, aquela "bela saúde" achava-se cruelmente atacada pela hipocondria. Seus grandes olhos azuis, há dez anos, haviam feito várias conquistas: eram olhos tão claros, tão alegres, tão atrevidos, que retinham, mesmo sem querer, o olhar que os encontrava. Hoje, na proximidade dos quarenta anos, a clareza e a bondade haviam-se quase extinto naqueles olhos já cercados de leves rugas; o que exprimiam agora era, pelo contrário, o cinismo de um homem de costumes libertino e gasto, a astúcia, a maior parte das vezes o sarcasmo, ou ainda um matiz novo, que não se conhecia neles outrora, um matiz de tristeza e de sofrimento, de uma tristeza distraída e como que sem objetivo, mas profunda. Essa tristeza manifestava-se sobretudo quando ele estava só. E o estranho é que esse homem, que havia apenas dois anos era jovial, alegre e dissipado, que com grande perfeição contava histórias muito agradáveis, tivesse chegado então a preferir a todas as coisas a solidão completa. Rompera deliberadamente com seus vários amigos, dos quais talvez tivesse podido não se separar, mesmo depois da ruína total de sua fortuna. Para falar a verdade, o orgulho havia-o ajudado nisso: seu orgulho suspeitoso tornava-lhe intolerável o convívio com seus antigos amigos; e, pouco a pouco, ele chegara ao isolamento. Nem por isso os sofrimentos de seu orgulho vieram a ser atenuados; bem pelo contrário. Porém, exasperando-se, tomaram uma forma particular, toda nova: veio a sofrer diversas vezes por motivos inesperados, que antes não existiam para ele, nos quais outrora nem mesmo chegara a pensar, por motivos "superiores" àqueles aos quais até então dera atenção – "supondo-se que seja exato exprimir-me assim e que haja verdadeiramente motivos superiores e motivos inferiores", acrescentava ele próprio.

Era verdade, chegara mesmo a ficar obcecado por motivos "superiores", nos quais antigamente nem teria pensado. O que, no íntimo de si mesmo, entendia como motivos superiores eram os motivos de que (para grande espanto seu) ninguém pode verdadeiramente rir a sós; a sós, entende-se, porque, diante dos outros, é algo bem diferente! Sabia muito bem que, na primeira ocasião, e desde o dia seguinte, abandonaria as secretas e piedosas injunções de sua consciência, mandaria passear tranquilamente todos aqueles "motivos superiores", dos quais seria o primeiro a rir. E era assim que as coisas aconteciam, exceto o fato de ele ter conquistado notável independência de espírito para com os "motivos inferiores" que o tinham inteiramente governado até então. Acontecia mesmo por vezes que, ao se levantar pela manhã, tivesse vergonha dos pensamentos e dos sentimentos que tivera durante sua insônia da noite. (E sofria, nos últimos tempos, frequentes insônias.) Notara, desde longa data, que era levado a um extremo de escrúpulo, quer se tratasse de assuntos importantes ou de futilidades. Resolvera-se também fiar-se o menos possível em si mesmo. No entanto, ocorriam fatos dos quais não era possível contestar a realidade. Nos últimos tempos, às vezes durante a noite, seus pensamentos e sentimentos modificavam-se a ponto de se tornarem quase o oposto do que é normal e muitas vezes não se assemelhavam mais em nada aos que tivera durante o dia. Isso o impressionou bastante. Foi consultar um médico famoso, que conhecia muito bem. Naturalmente, falou-lhe em tom de brincadeira. O médico respondeu que a ocorrência de alteração e inclusive de desdobramento dos pensamentos e das sensações à noite, em estado de insônia, é muito comum nos homens "que pensam e sentem intensamente"; que por vezes as convicções de toda uma vida mudam subitamente, por completo, sob a ação deprimente da noite e da insônia; que se vê por vezes a tomada, sem mais nem menos, de resoluções totalmente fatais; que tudo isso, aliás, comporta diversos graus; que, enfim, se acontece de ressentir o indivíduo muito vivamente o desdobramento de sua personalidade, vindo por isso a sofrer, é sinal de uma verdadeira doença, sendo preciso, nesse caso, agir sem demora. O melhor é modificar radicalmente seu gênero de vida, mudar de regime ou então viajar; um purgante, sem dúvida alguma, faria bom efeito.

Vielhtcháninov não quis ouvir mais nada. Seu caso era perfeitamente claro; estava doente.

"Então, tudo quanto havia nessa obsessão, que eu atribuía a algo de superior, era uma doença e nada mais!", exclamava ele com amargura. Não se resignava a confessar-se isso.

Em breve, o que ele não tinha sentido senão de noite produziu-se igualmente durante o dia, porém com uma acuidade mais penetrante; e agora sentia uma alegria maliciosa e sarcástica em lugar do enternecimento cheio de saudades que experimentava outrora. Via surgir em sua memória, com frequência cada vez maior, "subitamente e sabe Deus por quê", certos acontecimentos de sua vida anterior, épocas antigas de sua vida, e esses acontecimentos apresentavam-se a ele de uma maneira estranha. Há muito tempo queixava-se de ter perdido a memória: esquecera os rostos das pessoas que conhecera muito bem e que, quando o encontravam, mostravam-se magoadas; acontecia-lhe esquecer inteiramente um livro que lera seis meses antes. E, apesar dessa perda evidente de memória, fatos de um período muito antigo, fatos esquecidos havia doze ou quinze anos, apresentavam-se bruscamente à sua imaginação com tamanha precisão de cada detalhe, com tamanha vivacidade de impressão, como se os revivesse. Algumas dessas situações que lhe vinham à consciência tinham estado até então de tal modo completamente abolidas que o próprio fato de vê-las reaparecer parecia-lhe estranho. Tudo isso ainda não era nada: as ressurreições desse gênero produzem-se em todo homem que viveu muito. Mas o importante é que esses acontecimentos voltavam à sua memória sob um aspecto modificado, inteiramente novo, inesperado, e apareciam sob um ângulo com o qual jamais havia sonhado. Por que este ou aquele ato de sua vida passada lhe causava hoje o efeito de um crime? Não lhe teria isso produzido grande preocupação, na verdade, se fosse simplesmente uma sentença abstrata proferida por seu espírito, porque conhecia demasiado bem a natureza sombria, singular e doentia de si mesmo para dar alguma importância a essas decisões. Mas suas reprovações tinham uma repercussão mais profunda, pois chegava a ponto de maldizer-se, quase explodir em lágrimas interiores. O que ele teria dito, dois anos antes, se lhe tivessem predito que um dia haveria de chorar?

O que a princípio lhe voltou à memória foram não estados de sensibilidade, mas situações que outrora o haviam incomodado; lembrava-se de certos fracassos mundanos, de certas humilhações; recordava-se, por exemplo, das "calúnias de um intrigante", em consequência das quais deixara de ser recebido em determinada casa – ou ainda como, não havia muito tempo, sofrera uma ofensa premeditada e pública, sem pedir disso satisfação; como um dia, em uma sociedade de senhoras do melhor mundo, fora atingido por um epigrama bastante agudo, ao qual nada respondera. Lembrava-se ainda de duas ou três dívidas que não havia pago, insignificantes, é verdade, mas dívidas de honra, contraídas para com pessoas que ele não via mais e a respeito de quem agora ele falava. Sofria também, mas somente em seus piores momentos, com a ideia de que havia desperdiçado da maneira mais tola duas fortunas, ambas importantes. Mas em breve foi a vez das lembranças e saudades de ordem "superior".

De repente, por exemplo, surgia, do fundo de um esquecimento absoluto, a figura de um bom e velho funcionariozinho, grisalho e cômico, a quem um dia, fazia muito tempo, muito tempo mesmo, ele havia ofendido impunemente por pura fanfarronada: fizera-o apenas para encaixar uma frase engraçada que se tornou famosa e que depois se espalhou. Esquecera tão completamente toda essa história que nem conseguia recordar o nome do velhinho; no entanto, revia todos os detalhes da cena com uma nitidez extraordinária. Lembrava-se muito bem de que o velho defendera a reputação da filha, que já era idosa e vivia com ele, a respeito da qual haviam espalhado na cidade boatos maledicentes. O velhinho replicou e zangou-se, mas de súbito desatou a chorar diante de todos, o que causou certa impressão. Acabaram enchendo-o de champanhe e zombando dele. E quando agora, sem mais nem menos, Vielhtcháninov revia o pobre velhinho soluçante, com as mãos no rosto como uma criança, parecia-lhe que não era possível que o tivesse esquecido para sempre. E fato estranho: essa história, que antes achara muito engraçada, causava-lhe agora a impressão oposta; sobretudo certos detalhes, sobretudo o rosto oculto nas mãos.

Recordava-se também como, para se divertir, difamara a honestíssima esposa de um professor e como a difamação chegara aos ouvidos do marido. Vielhtcháninov em seguida deixara aquela cidadezinha e não soubera que consequências tivera sua difamação; porém, de súbito, agora perguntava a si mesmo como tudo aquilo poderia ter acabado, e sabe Deus até onde suas conjecturas o teriam levado se uma recordação muito mais recente não lhe tivesse voltado bruscamente ao espírito: a de uma moça de família pequeno-burguesa, que jamais lhe agradara, de quem mesmo se envergonhava, e com a qual, sem saber muito bem como, tivera um filho; havia abandonado a mãe e o filho, sem sequer um adeus (falta de tempo, é verdade), quando deixara Petersburgo. Mais tarde, durante um ano inteiro, procurara aquela moça, sem resultado. As lembranças desse gênero apresentavam-se às centenas, cada qual fazendo reviver dezenas de outras.

Já dissemos que seu orgulho havia tomado uma forma singular. Havia momentos – raros, é verdade – em que esquecia seu amor-próprio a ponto de ser-lhe indiferente não ter mais sua carruagem, correr aos tribunais a pé, tornar-se negligente no trajar; se acontecia de um ou outro de seus antigos amigos mirá-lo na rua com olhar zombeteiro ou fingir não reconhecê-lo, seu orgulho era tal que ele nem mais se perturbava. E era muito sinceramente que não mais se perturbava. Era, na verdade, coisa bastante rara: eram apenas momentos passageiros em que se esquecia de si mesmo; contudo, de modo geral, é certo que sua vaidade se desinteressava pouco a pouco de objetos que outrora o afetavam e concentrava-se em um único objeto, sempre presente em seu espírito.

"Sim", pensava ele com sarcasmo (era sempre sarcástico quando pensava em si mesmo), "há alguém, sem dúvida, que se ocupa em me tornar melhor e que me sugere todas essas recordações malditas e todas essas lágrimas de arrependimento. Que seja. E então? Tudo isso é tempo perdido. Estão muito bem as lágrimas de arrependimento, mas não estou certo de que, com meus quarenta anos, meus quarenta anos de uma existência estúpida, não tenho uma migalha de livre-arbítrio? Que amanhã a mesma tentação se apresente, que, por exemplo, eu tenha de novo um interesse qualquer em espalhar o boato de que a mulher do professor aceitava com prazer o que eu lhe oferecia – e recomeçarei, sei bem, sem a menor hesitação – e serei tanto mais vil e mais pérfido que o farei pela segunda vez, e não mais pela primeira. Que amanhã aquele principezinho, de quem, há onze anos, quebrei uma perna com um tiro de pistola, venha a me ofender de novo, apressarei-me em provocá-lo e isso lhe custará uma segunda perna de pau. Todos esses regressos ao passado são tempo perdido, e não há um tiro sequer que acerte. De que servem tais recordações, quando não sei nem mesmo libertar-me suficientemente de mim no presente?"

Não encontrou professora a quem difamar nem perna a quebrar, mas a simples ideia de que esses fatos podiam renovar-se o esmagava quase... por vezes. Não se pode estar sempre sob o domínio das recordações; é preciso que haja entreatos em que se possa respirar e distrair-se.

É o que fazia Vielhtcháninov: estava totalmente disposto a aproveitar os entreatos para se distrair; porém, quanto mais o tempo marchava, mais a existência se tornava penosa em Petersburgo. Aproximava-se julho. Vinha-lhe muitas vezes uma vontade súbita de abandonar tudo ali, seu processo e o resto, e partir para algum lugar, não importa onde, imediatamente, para algum lugar da Crimeia, por exemplo. Uma hora depois, geralmente ria de seu projeto:

"Todos esses malditos pensamentos, não há clima, não há nada que possa acabar com eles; agora que estão aqui, não há meio de que eu, um homem metódico, deles escape; e depois não há razão."

"Por que eu partiria?", continuava ele a filosofar com amargura. "Há por aqui tanta poeira e faz um calor tão sufocante! Esta casa é tão suja! Há naqueles tribunais em que passo meu tempo, entre todos os homens de negócios, tantas preocupações enervantes, tantos cuidados acabrunhantes! Há em todas essas pessoas que enchem a cidade, nesses rostos que desfilam da manhã à noite, um egoísmo tão ingenuamente e tão sinceramente exibido, uma audácia tão grosseira, uma covardia tão mesquinha, tão baixa, que, para falar muito seriamente, isto aqui é o paraíso para um hipocondríaco. Tudo é franco, tudo se expõe, ninguém se dá o trabalho de dissimular, como fazem nossas damas por toda parte, no campo, nas águas ou no estrangeiro; sim, realmente, tudo aqui merece a mais completa estima somente por sua franqueza e por sua simplicidade... Não partirei! Arrebentarei aqui, mas não partirei!"

CAPÍTULO II
O HOMEM DO CREPE

ERA 3 DE JULHO. O ar estava pesado, o calor, sufocante. Naquele dia, Vielhtcháninov teve uma série de coisas a fazer. Andou para lá e para cá a manhã inteira; uma visita deveria tomar-lhe a tarde, uma visita à casa de um conselheiro de Estado, homem competente, que lhe podia ser útil e que ele devia ir ver com urgência em sua casa de campo, muito longe, à margem do Tchórnaia Riétchka.

À noite, por volta das seis horas, Vielhtcháninov entrou para jantar em um restaurante de aparência duvidosa, mas francês, situado no Próspekt Niévski, perto da Politseiski Most.* Sentou-se no seu canto habitual, à mesinha que lhe era reservada, e pediu seu jantar. Cada dia jantava por um rublo, não incluído o vinho, que só extraordinariamente tomava, visto o mau estado de seus negócios. Admirava-se muitas vezes de que se pudesse comer tão mal; no entanto, engolia até a derradeira migalha, e cada vez devorava com maior apetite, como se não comesse havia três dias. "Deve ser doença", pensava ele quando notava isso.

Naquela noite, tomou lugar à mesa com as piores disposições de espírito; lançou violentamente seu chapéu em um canto, pôs os cotovelos sobre a mesa e ficou pensativo. Se algum vizinho tivesse feito o menor ruído ou se o garçom não o tivesse imediatamente compreendido, ele, que costumava ser cortês e que sabia, quando preciso, permanecer impassível, teria feito, sem dúvida alguma, barulho e talvez um escândalo.

---

* Ponte da Polícia. (N.T.)

Servida a sopa, Vielhtcháninov pegou sua colher, mas, de repente, com um gesto brusco, lançou-a sobre a mesa e quase saltou de cima de sua cadeira. Um pensamento imprevisto apoderara-se subitamente dele. Em um instante, sabe-se Deus como, acabava de compreender o motivo de sua angústia, daquela angústia estranha que o torturava há vários dias, que o oprimia, Deus sabe como e Deus sabe por quê, sem um momento de alívio. Eis que, de repente, compreendia-o e via esse motivo tão distintamente como os cinco dedos de sua mão.

– O chapéu!... – murmurou ele, como iluminado. Sim, esse maldito chapéu, com aquele abominável crepe: eis a causa de tudo!

Vielhtcháninov pôs-se a refletir; porém, quanto mais meditava, mais sombrio se tornava, mais "todo o acontecimento" lhe parecia estranho. "Mas... mas... há bem naquilo um acontecimento?", objetava ele, sempre desconfiado. "Que há em tudo aquilo que se assemelhe a um acontecimento?"

Eis o que se passara:

Cerca de quinze dias antes – na verdade, não se lembrava com exatidão, mas devia ter sido isso mesmo – encontrara, pela primeira vez, na rua, em algum lugar, sim, na esquina das ruas Podiatchiéskaia e Miechtchánskaia, um homem que trazia um crepe no chapéu. Aquele senhor era como qualquer outro e nada tinha de particular; passou depressa, mas, ao passar, lançou a Vielhtcháninov um olhar extremamente direto e que atraiu de maneira extraordinária sua atenção. Teve no mesmo momento a impressão de que conhecia aquele rosto. Decerto, havia-o encontrado em algum lugar.

"Ora!", pensou ele, "não tenho encontrado, da mesma forma, em minha vida, milhares de rostos? Não podemos nos lembrar de todos."

Vinte passos adiante havia esquecido aquele encontro, apesar da impressão que lhe causara. Não obstante, aquela impressão durou estranhamente o dia inteiro: era como uma irritação sem objeto e muito particular.

Agora, quinze dias depois, lembrava-se de tudo aquilo claramente. Lembrava-se também de que não pudera compreender então de onde lhe vinha aquela irritação, a ponto de não ter tido mesmo a ideia de uma aproximação possível entre seu mau humor de toda a noite e seu encontro da manhã. Mas o homem teve cuidado de não se deixar esquecer: no dia seguinte, encontrou-se diante de Vielhtcháninov no Próspekt Niévski e, como da primeira vez, olhou-o de uma maneira estranha. Vielhtcháninov cuspiu em sinal de desdém; depois, mal acabara de cuspir, espantou-se com o que acabava de fazer. "Há, evidentemente, fisionomias que nos causam, não sabemos por quê, uma aversão incrível."

– Não há dúvida, já o encontrei em alguma parte – murmurou ele, com ar pensativo, meia hora depois do encontro.

E, de novo, durante todo o serão, esteve com um humor desagradável. À noite, teve um sono muito agitado e nem sempre tinha a ideia de que o homem de luto pudesse ser a causa de seu mal-estar, embora naquela noite ele lhe voltasse frequentemente à memória. Até mesmo censurava a si próprio por "semelhante bobagem" tomar tanto lugar em suas recordações e ficou bastante humilhado por ter de atribuir-lhe a inquietação que o agitava, se pudesse nisso pensar.

Dois dias mais tarde, tornou a encontrá-lo em meio a uma multidão, um desembarcadouro do Niévá. Dessa vez, Vielhtcháninov teria de boa vontade jurado que "o homem do crepe" o reconhecera e que a multidão logo os havia separado. Acreditava que ele fizera menção de estender-lhe a mão; talvez até mesmo o tivesse chamado pelo nome. O resto, Vielhtcháninov não havia entendido distintamente; no entanto... "Mas quem é, então, esse canalha? Por que não vem a mim se de fato me conhece e quer se aproximar?", pensava ele com cólera, enquanto entrava em um fiacre para ir ao convento de Smólni.

Meia hora mais tarde, discutia calorosamente com seu advogado, mas o serão e a noite tornaram a causar nele a angústia mais fantástica.

"Será um derrame de bílis?", perguntou-se, com inquietude, olhando-se em um espelho.

Depois, cinco dias se passaram sem que encontrasse "ninguém" e sem que "o canalha" desse sinal de vida. Contudo, não podia esquecer o homem do crepe!

"Mas por que devo me ocupar assim com ele?", pensava Vielhtcháninov. "Hum! Decerto ele tem também muitos negócios em Petersburgo. Mas por quem está de luto?... Reconheceu-me evidentemente... Eu não... E por que essa gente usa crepe?... Isso não fica bem. Creio que, se o visse de mais perto, poderia reconhecê-lo..."

Era como se alguma coisa começasse a se agitar em suas recordações; era como uma palavra que se conhece, mas que foi esquecida, e a gente se esforça o mais que pode por lembrar. Sabe-se perfeitamente essa palavra; sabe-se que a conhece; sabe-se o que ela quer dizer, gira-se em torno dela, mas não se pode agarrá-la. "Era... era, há muito tempo... era em algum lugar... havia lá... havia lá... Que o diabo leve o que havia lá ou não! Vale a pena incomodar-se tanto por causa daquele canalha?" Ficara terrivelmente encolerizado.

Mas à noite, quando se lembrou de sua cólera "terrível", experimentou grande confusão, como se alguém o tivesse surpreendido praticando um mal. Ficou inquieto com isso e também espantado: "Deve haver uma razão para que eu me deixe arrebatar assim... a propósito de uma simples lembrança...". Não foi até o fim de seu pensamento.

No dia seguinte, sentiu uma cólera ainda mais violenta; porém, dessa vez, pareceu-lhe que havia uma razão e que ele estava absolutamente no seu direito. "Jamais se viu insolência semelhante!" Tratava-se de um quarto encontro com o homem do crepe que, de novo, havia surgido como que debaixo da terra.

Eis a história.

Vielhtcháninov acabava de encontrar de passagem, na rua, aquele conselheiro de Estado, aquele homem importante a quem procurava há tanto tempo. Aquele funcionário, que ele pouco conhecia e que lhe podia ser útil no seu negócio, havia manifestamente feito tudo para não se deixar apanhar e para evitar encontrar-se com ele. Encantado por tê-lo encontrado, enfim, Vielhtcháninov caminhava ao lado dele, sondando-o com o olhar, despendendo tesouros de habilidade para conduzir o velho matreiro a um tema de conversa que lhe permitisse arrancar-lhe a preciosa palavra, tão desejada; porém o esperto estava precavido e respondia com pilhérias ou calava-se. E eis que, de repente, naquele momento difícil e decisivo, o olhar de Vielhtcháninov deu, no passeio oposto, com o homem do crepe. Estava parado, olhando fixamente para eles; seguia-os, era claro, e, sem nenhuma dúvida, zombava deles!

– Que o diabo o carregue! – exclamou, cheio de furor, Vielhtcháninov, que logo se despediu do funcionário e que atribuía todo o malogro de seus esforços à aparição súbita do "insolente". – Que o diabo o carregue! Creio que ele me espiona! Não há dúvida alguma, segue-me. É pago para isso e... e... por Deus, zomba de mim! Por Deus, terá de se ver comigo! Se tivesse uma bengala!... Vou comprar uma bengala! Não posso suportar isto! Quem é esse indivíduo? Preciso saber quem é.

Passaram-se três dias após esse quarto encontro quando achamos Vielhtcháninov em seu restaurante, fora de si e como que desmoronado. Apesar de seu orgulho, era bem provável que ele fizesse confissão disso, tal era o seu estado. Examinando tudo, era forçado a convir que seu ânimo e a angústia estranha que o sufocava havia quinze dias não tinham outra causa senão o homem de luto, aquele "coisa nenhuma".

"Sou hipocondríaco, é verdade; estou sempre pronto a fazer de uma mosca um elefante, também verdade; ora, tudo isso seria menos penoso se não passasse de mera imaginação? Se semelhante patife pode fazer com que um homem transtorne-se completamente, então... então..."

Dessa vez, com efeito, ao quinto encontro, que ocorrera naquele dia e que pusera Vielhtcháninov fora de si, o elefante não passava de uma mosca. O homem passara, mas não encarara Vielhtcháninov, não dera sinal de conhecê-lo: andava de olhos baixos e parecia muito desejoso de não ser notado. Vielhtcháninov dirigira-se a ele e gritara a plenos pulmões:

– Diga de uma vez, homem do crepe! Foge agora? Pare! Quem é o senhor?

A pergunta e toda essa interpelação não tinham nenhum de sentido. Mas Vielhtcháninov só se deu conta disso depois de ter gritado. O homem assim abordado voltou-se, parou um instante, pareceu hesitar, sorriu, pareceu querer dizer ou fazer algo, ficou extremamente indeciso, depois se afastou bruscamente sem olhar para trás. Vielhtcháninov acompanhou-o com o olhar, de modo estupefato.

"Serei eu que o persigo", pensou ele, "e não ele a mim?" Quando acabou de jantar, Vielhtcháninov correu à casa de campo do funcionário. Não estava. Responderam-lhe "que ele não havia voltado desde a manhã, que não voltaria sem dúvida antes das três ou quatro horas da madrugada, porque estava na cidade, na casa de seu sobrinho". Vielhtcháninov sentiu-se "ofendido" a ponto de seu primeiro movimento ser ir à casa do tal sobrinho. Mas no caminho refletiu que isso o levaria longe, saltou do fiacre e dirigiu-se a pé para sua casa, perto do Teatro Bolshói. Sentia necessidade de andar. Precisava de uma boa noite de sono para acalmar o abalo de seus nervos e, para dormir, necessitava fatigar-se. Só chegou em casa às onze e meia, porque a distância era grande e estava muito cansado.

O apartamento que Vielhtcháninov havia alugado no mês de março, depois de ter tido um enorme trabalho para encontrá-lo – desculpando-se, posteriormente, de que "não tinha residência fixa e só momentaneamente morava em Petersburgo... por causa daquele maldito processo" –, estava longe de ser tão incômodo, tão pouco conveniente quanto ele próprio se comprazia em dizer. A entrada, é preciso reconhecê-lo, era um pouco sombria, suja mesmo. Não havia outra, aliás, senão o portão. Mas o apartamento, situado no segundo andar, compunha-se de duas peças muito claras, muito altas, separadas por uma antecâmara semiobscura. Uma dessas duas peças tinha vista para o pátio; a outra, para a rua. Junto à primeira havia um gabinete que podia servir de quarto de dormir, mas onde Vielhtcháninov pusera livros e papéis. Escolhera a segunda para seu quarto, servindo de leito o divã. A mobília dessas peças oferecia ao olhar certo aspecto de conforto, embora, na realidade estivesse bastante gasta. Aqui e ali alguns objetos de valor, vestígios de tempos melhores: bibelôs de bronze e de porcelana; grandes e autênticos tapetes; dois quadros de boa qualidade, tudo em grande desordem, sob uma poeira acumulada desde a partida de Pielagueia, a moça que servia a Vielhtcháninov e que, repentinamente, deixara-o para regressar à casa de seus pais, em Nóvgorod.

Quando pensava nesse fato estranho de uma moça colocada assim na casa de um homem que por nada neste mundo haveria de macular a sua qualidade de cavalheiro, o rubor subia às faces de Vielhtcháninov. No entanto, nunca tivera do que se queixar de Pielagueia. Entrara para seu serviço no momento em que ele alugara o apartamento, isto é, na primavera, vinda da casa de uma moça que ia morar no estrangeiro. Pielagueia era muito cuidadosa e não demorou a pôr em ordem tudo o que lhe era confiado. Vielhtcháninov, após a partida da moça, não quis arranjar outra criada. Não valia a pena, para tão pouco tempo, tratar um criado. Aliás, detestava a criadagem. Ficou, pois, decidido que os quartos seriam arrumados todas as manhãs pela irmã da porteira, Mavra, a quem deixava, ao sair, a chave da porta que dava para o pátio. Na realidade, Mavra não fazia nada, ganhava seu salário e provavelmente furtava. Tudo isso se tornara indiferente para ele, e até mesmo lhe agradava que a casa ficasse vazia.

No entanto, seus nervos se revoltavam por vezes, nas horas de aborrecimento, diante de toda aquela "sujeira", e acontecia-lhe com frequência, quando entrava em casa, de ir direto para o seu quarto, com desgosto.

Naquela noite, Vielhtcháninov, mal se despiu, lançou-se sobre o leito, firmemente decidido a não pensar em nada e, custasse o que custasse, dormir "no mesmo instante". Fato estranho: mal sua cabeça pousou no travesseiro, o sono apoderou-se dele. Havia bem um mês que isso não ocorria.

Vielhtcháninov dormiu assim três horas inteiras, três horas repletas daqueles pesadelos que se tem nas noites de febre. Sonhou que cometera um crime, um crime que ele negava e de que o acusavam, de comum acordo, pessoas que chegavam de toda parte. Uma multidão enorme apinhara-se e entrava cada vez mais gente pela porta escancarada. Depois, toda a sua atenção concentrava-se em um homem estranho, que conhecera muito bem outrora, que morrera e agora se apresentava subitamente a ele. O mais penoso é que Vielhtcháninov não sabia quem era aquele homem, esquecera-se de seu nome e não podia recordá-lo; tudo o que sabia é que em outros tempos havia gostado muito dele. Todas as pessoas ali presentes esperavam daquele homem a palavra decisiva, uma acusação formal contra Vielhtcháninov ou sua justificação. Mas o homem permanecia sentado junto à mesa, imóvel, obstinadamente silencioso. O rumor não cessava, a irritação aumentava; de repente, Vielhtcháninov, exasperado pelo silêncio do homem, bateu nele e logo sentiu um alívio estranho. Seu coração, apertado pelo terror e pelo sofrimento, recomeçou a bater tranquilamente. Uma espécie de raiva tomou-o, deu um segundo golpe, depois um terceiro, depois, como que embriagado de furor e de medo, em uma embriaguez que atingia o desvario, bateu, ao mesmo tempo acalmando-se, bateu sem contar, sem parar. Queria aniquilar tudo, tudo aquilo. De repente, aconteceu o seguinte: todos lançaram um grande grito de terror e correram para a porta. No mesmo instante, três toques vigorosos de campainha fizeram-se ouvir tão fortemente que parecia quererem arrancá-la. Vielhtcháninov despertou, abriu os olhos, saltou de seu leito e correu para a porta; estava certo de que os toques de campainha eram reais, que não tinham sido coisa de sonho, que alguém estava ali e queria entrar. "Seria muito estranho que um ruído tão nítido, tão real, não passasse de um sonho!"

Para sua grande surpresa, o toque de campainha era mesmo um sonho. Abriu a porta, saiu para o patamar, lançou um olhar à escada: decididamente não havia ninguém. O cordão da campainha pendia imóvel. Surpreso, mas satisfeito, voltou para o quarto. Acendeu uma vela e lembrou-se de que a porta estava apenas encostada, que não estava fechada nem com chave nem com ferrolho. Acontecera-lhe muitas vezes tal esquecimento, sem que a isso desse a menor importância. Pielagueia várias vezes o advertira. Voltou à antecâmara, abriu ainda uma vez a porta, lançou ainda uma olhadela para fora, depois tornou a fechá-la e simplesmente correu os ferrolhos, sem tocar na chave. Nesse momento, o relógio bateu duas horas e meia: dormira três horas.

Seu sonho havia-o de tal modo deixado nervoso que não quis tornar a deitar-se imediatamente e preferiu passear durante meia hora pelo quarto, "o tempo de fumar um charuto". Vestiu-se sumariamente, aproximou-se da janela, ergueu a espessa cortina de seda e depois o estore branco. Já a aurora iluminava a rua. As claras noites de verão de Petersburgo sempre abalavam fortemente seus nervos. Nos últimos tempos, haviam tornado suas insônias tão frequentes que ele tivera, duas semanas antes, de colocar em suas janelas espessas cortinas de seda que o defendiam perfeitamente da luz exterior. Deixando entrar a luz do dia e esquecendo a vela acesa em cima da mesa, pôs-se a passear de ponta a ponta, totalmente entregue a uma sensação de sofrimento pungente. Persistia a impressão que lhe deixara seu sonho. Experimentava sempre uma dor profunda à ideia de que pudera levantar a mão contra aquele homem e bater nele.

"Mas aquele homem não existe, nunca existiu! Toda essa história que me aflige não passa de um sonho!"

De forma resoluta, como se nesse ponto se concentrassem todas as suas preocupações, pôs-se a pensar que decididamente estava doente, era "um homem doente".

Sempre lhe fora penoso reconhecer que envelhecia ou que sua saúde era precária, e, nas suas horas negras, punha certo encarniçamento em exagerar um ou outro desses males, propositadamente, para zombar de si mesmo.

– É a velhice! Sim, envelheço terrivelmente – murmurou ele, andando de um lado a outro. – Perco a memória, tenho visões, sonhos, ouço toques de campainha... Diabos! Sei por experiência que pesadelos desse tipo são em mim sinal de febre... Estou bem certo de que toda essa "história" de crepe talvez não fosse de um sonho. Decididamente, tinha razão ontem: sou eu que o estou perseguindo, e não ele. Fiz de mim mesmo um monstro e tenho medo, corro a salvar-me embaixo da mesa. E depois, por que o chamo de canalha? Talvez seja um homem de bem. Seu aspecto não é muito agradável, é verdade; mas afinal nada tem de particularmente feio. Veste-se como todo mundo. Há somente o seu olhar... Vamos, me preocupo de novo com ele! Que diabo me importa o seu olhar? Não posso então viver sem pensar nesse... nesse patife?

Entre todos esses pensamentos que lhe vinham à mente, houve um que lhe apareceu claramente e que lhe causou dor: surgiu nele a convicção de que o homem do crepe já fora um de seus amigos íntimos e que agora, quando o encontrava, aquele homem zombava dele porque conhecia um grande segredo de seu passado e o via agora tão decadente. Foi maquinalmente à janela para abri-la e respirar a frescura da noite e... e, de súbito, estremeceu todo: pareceu-lhe que diante dele se produzia algo de prodigioso, de inaudito.

Não chegou a abrir a janela; introduziu-se vivamente no ângulo do vão e ali se ocultou: adiante, bem em frente da casa, no passeio deserto, acabava de ver o homem do crepe.

Ele estava de pé, com o rosto voltado para a janela; não o havia percebido, mas olhava para a casa, curiosamente, como se procurasse alguma coisa. Pareceu refletir: levantou a mão, tocou a fronte com o dedo. Por fim, decidiu-se: lançou rapidamente um olhar em torno de si; depois, na ponta dos pés, a pequenos passos, atravessou a rua depressa... Ei-lo que se aproxima da porta, da portinha de serviço, que no verão não se fecha muitas vezes antes das três horas da madrugada. "Ele vem até minha casa", pensou repentinamente Vielhtcháninov, e o mais depressa possível, caminhando também na ponta dos pés, atravessou a antecâmara, correu para a porta e... parou, pregado pela expectativa, com a mão direita trêmula segurando o ferrolho da porta, toda a atenção direcionada para o rumor dos passos na escada.

O coração batia-lhe tão forte que teve medo de não ouvir o desconhecido subir na ponta dos pés. De fato, não ouvia nada, mas sentia tudo com uma lucidez duplicada. Era como se o sonho de ainda há pouco se houvesse fundido com a realidade. Vielhtcháninov era de natureza corajosa. Gostara por vezes de levar até a afetação o desprezo pelo perigo, mesmo quando ninguém o via, unicamente para agradar a si mesmo. Mas hoje era outra coisa. O hipocondríaco doentio estava transfigurado; era agora um homem totalmente diferente. Um riso nervoso, silencioso, sacudia-lhe o peito. Através da porta fechada, adivinhava cada movimento do desconhecido.

"Ah! Ele entra, sobe, olha em torno de si; escuta na escada, mal respira; caminha a passos de lobo... Ah!... pega a maçaneta da porta, puxa, tenta abrir. Imagina que não conservo a porta fechada. Será que sabe que por vezes esqueço de fechá-la?... De novo, puxa a maçaneta... Pensa que a fechadura vai ceder dessa maneira?... É pena, hein?, ter de ir embora! Que pena, voltar sem ter conseguido nada!"

De fato, tudo devia ter-se passado assim como Vielhtcháninov havia adivinhado: alguém estava ali, atrás da porta; havia, suavemente e sem rumor, experimentado a fechadura e puxado a maçaneta. "E, sem nenhuma dúvida, tinha uma intenção." Vielhtcháninov estava decidido a saber a explicação do enigma; esperava o momento com uma espécie de impaciência; ardia de vontade de puxar bruscamente o ferrolho, de escancarar a porta, de se encontrar face a face com seu espantalho e dizer baixinho: "Mas o que faz aqui, meu caro senhor?". Foi o que aconteceu: quando escolheu o momento, puxou bruscamente o ferrolho, escancarou a porta e quase deu um encontrão no homem do crepe.

CAPÍTULO III
PÁVIEL PÁVLOVITCH TRUSÓTSKI*

O OUTRO PARECEU ficar cravado no chão, imóvel e mudo. Ficaram assim, um diante do outro, na soleira da porta, sem se mover, os olhos nos olhos. Isso durou alguns momentos, mas, de repente, Vielhtcháninov reconheceu seu visitante.

No mesmo momento, o visitante compreendeu manifestamente que Vielhtcháninov o havia reconhecido: foi como um clarão em seus olhos. Todo o seu rosto logo se dilatou em um sorriso, repleto de afeição.

– É mesmo com Alieksiéi Ivânovitch que tenho o prazer de falar? – perguntou ele com voz tão suave que chegava a ser cômica naquelas circunstâncias.

– Mas o senhor mesmo não é Páviel Pávlovitch Trusótski? – exclamou Vielhtcháninov, com o ar de um homem que adivinha.

– Conhecemo-nos há nove anos em T*** e, se me permite lembrá-lo, fomos bons amigos.

– Sim, sem dúvida... É possível... Mas afinal são três da madrugada, e o senhor há uns dez minutos está tentando verificar se minha porta está fechada ou não.

– Três horas? – exclamou o outro, que consultou seu relógio, tomado de espanto. – É verdade, três horas! Perdoe-

---
* Nome inventado. De *trus*, medroso. (N.T.)

me, Alieksiéi Ivânovitch, deveria ter pensado nisso antes de ter vindo; estou completamente confuso. Vou embora; eu me explicarei outra vez, mas agora...

– Absolutamente! Se tem algo a dizer, é melhor dizê-lo agora! – interrompeu Vielhtcháninov. – Dê-me o prazer de entrar aqui no meu quarto. É isso que o senhor queria, imagino; não veio de noite apenas para experimentar a fechadura.

Ele estava transtornado, espantado, e sentia que não era mais senhor de si. Estava envergonhado: o que havia, enfim, de misterioso e de inquietante em toda aquela fantasmagoria? Tanta emoção por ter visto surgir a tola figura de um Páviel Pávlovitch!... Porém, no fundo, não achava aquilo tão simples; pressentia alguma coisa, confuso, com terror. Ofereceu uma cadeira a seu visitante, sentou-se com um movimento brusco em seu leito, a um passo da cadeira, e, inclinado para a frente, com as palmas das mãos abertas pousadas nos joelhos, esperou que o outro falasse. Olhava-o avidamente e fazia esforço para se recordar. De modo estranho, o outro se calava, parecia não compreender que "era preciso" que se explicasse imediatamente; pelo contrário, fitava Vielhtcháninov com um ar de expectativa. Talvez tivesse medo e também se sentisse pouco à vontade, como um camundongo em uma ratoeira. Mas Vielhtcháninov explodiu:

– O que o senhor quer? – exclamou. – Não é um fantasma ou um sonho! Veio aqui, então, para fingir-se de assombração? É preciso que o senhor se explique, *bátiuchka*!*

O visitante agitou-se e começou timidamente:

– Vejo que o senhor está sobretudo espantado pelo fato de eu vir a tal hora e... em condições tão particulares... Quando penso em tudo o que ocorreu no passado e na

---

* Sinônimo arcaico de *pope*. Utilizado também, na linguagem popular, como sinônimo de pai, aplicado ao próprio pai ou a pessoas respeitosas às quais se quer tratar com consideração e afeto ao mesmo tempo. Expressa ainda uma exclamação: Ah, *bátiuchka*! Meu pai! Meu Deus! (N.T.)

maneira como nos despedimos... sim, é bastante estranho... Aliás, eu não tinha absolutamente a intenção de entrar e, se isto aconteceu, foi mesmo por acaso...

– Como, por acaso? Eu vi o senhor, de minha janela, atravessar furtivamente a rua na ponta dos pés!

– Ah, o senhor me viu? Então, juro-lhe, sabe mais a esse respeito do que eu próprio. Mas estou impacientando-o... Ora, eis o que é: cheguei a Petersburgo há três semanas para tratar de negócios... Sim, sou mesmo Páviel Pávlovitch Trusótski: o senhor me reconheceu perfeitamente. Eis qual é o meu negócio: trato de obter transferência de serviço para outra província, com aumento de vencimentos. Não, não exatamente isso... Enfim, veja o senhor, o essencial é que ando por aqui há três semanas e que, palavra de honra, eu mesmo retardo o meu caso... sim, o caso de minha permuta... e que, se isso se arranjar, palavra, tanto pior, esquecerei que foi arranjado e não poderei sair de sua Petersburgo na minha situação. Arrasto-me por aí como se não tivesse mais objetivo e como se estivesse contente de não mais o ter... na minha situação!...

– Mas, afinal, que "situação" é essa? – interrompeu Vielhtcháninov.

O visitante ergueu os olhos para ele, pegou seu chapéu e, com uma dignidade repleta de grandeza, mostrou o crepe.

– Pois bem, sim, que "situação"?

Vielhtcháninov olhava com um olhar atônito o crepe e mais ainda o rosto de seu visitante. De repente, um rubor cobriu-lhe as faces e ele sentiu uma emoção terrível:

– Com que então, Natália Vassílievna?

– Sim, Natália Vassílievna! Em março passado... A tísica, quase de repente, em dois ou três meses!... E eu fiquei, como o senhor vê!

Dizendo estas últimas palavras, o visitante, com uma expressão de tristeza, abriu seus braços estendidos, a mão esquerda segurando o chapéu com o crepe, e deixou cair sua cabeça calva sobre o peito durante quase dez segundos.

Esse ar e esse gesto restituíram de súbito a calma a Vielhtcháninov; um sorriso irônico, até mesmo agressivo, deslizou-lhe pelos lábios, mas apagou-se no mesmo instante: a notícia da morte daquela mulher, que ele conhecera havia muito tempo, causava-lhe uma impressão inesperada, muito profunda.

– É possível – murmurou ele. – Mas por que não veio conversar comigo franca e abertamente?

– Agradeço-lhe sua simpatia, percebo-a e sou sensível a ela... Embora...

– Embora...

– Embora estejamos separados há muitos anos, o senhor tomou imediatamente pelo meu pesar, por mim mesmo, um interesse tão verdadeiro que tenho para com o senhor, não o duvide, um vivo reconhecimento. É tudo o que eu queria dizer. Não me enganei nas minhas amizades, pois que aqui posso encontrar agora mesmo meus amigos mais sinceros (só lhe citarei Stiepan Mikháilovitch Bagaútov); porém, na verdade, Alieksiéi Ivânovitch, desde nossas relações de outrora, e, deixe-me dizê-lo, porque tenho memória fiel, desde nossa velha amizade, nove anos se passaram sem que o senhor tenha voltado a nos visitar; nem mesmo houve uma troca de cartas.

Falava como se ele cantasse uma ária aprendida e todo o tempo manteve os olhos fixos em terra, porém nada perdendo do que se passava. Vielhtcháninov tornara-se senhor de si. Ouvia e olhava Páviel Pávlovitch com impressões estranhas, cuja intensidade ia crescendo e, de repente, quando ele se calou, as ideias mais singulares e mais imprevistas invadiram-lhe a mente.

– Mas como não o reconheci até agora? – exclamou ele. – Encontramo-nos cinco vezes na rua.

– De fato, lembro-me; encontrava a cada instante com o senhor e, duas ou três vezes, pelo menos...

– Quer dizer que era eu quem encontrava a cada instante com o senhor e não o senhor comigo?

Vielhtcháninov levantou-se e, de repente, desatou em violenta gargalhada, inesperada. Páviel Pávlovitch permaneceu silencioso, olhou atentamente e logo prosseguiu:

– Se o senhor não me reconheceu é porque, a princípio, talvez tenha se esquecido de mim. Além disso, aconteceu que tive varíola, da qual trago sinais no rosto.

– Varíola? Realmente, é varíola. Mas como?...

– Como a peguei? Tudo acontece, Alieksiéi Ivânovitch. Pega-se.

– É bem engraçado. Mas continue, continue, caro amigo!

– Pois bem, embora já o tenha encontrado...

– Espere! Por que disse ainda há pouco "pega-se"? Fale de maneira menos trivial. Mas continue, continue!

Sentia-se cada vez mais alegre. A opressão que o sufocava desaparecera completamente.

Marchava a grandes passos pelo quarto, de ponta a ponta.

– É verdade, já o encontrei e estava resolvido, desde a minha chegada a Petersburgo, a vir procurá-lo; porém, repito-lhe, estou hoje em tal situação de espírito... encontro-me de tal modo transtornado desde o mês de março...

– Transtornado desde o mês de março?... Ah, sim, perfeitamente!... Perdão, o senhor fuma?

– Eu? O senhor sabe, desde o tempo de Natália Vassílievna...

– Ah! sim! Mas desde o mês de março?...

– Talvez um cigarrinho.

– Eis um cigarro. Acenda-o e... prossiga! Prossiga; é excessivamente...

E Vielhtcháninov acendeu um charuto e tornou a sentar-se no leito, enquanto falava. Páviel Pávlovitch interrompeu-o:

– Mas o senhor não se acha um pouco agitado? Está passando bem?

– Ora! Ao diabo a minha saúde! – exclamou Vielhtcháninov de mau humor. – Continue!

O visitante, por sua vez, vendo a agitação de Vielhtcháninov, sentiu-se mais seguro e mais senhor de si mesmo.

– Que quer que eu continue? – perguntou ele. – Imagine em primeiro lugar, Alieksiéi Ivânovitch, um homem morto, verdadeiramente morto; um homem que, após vinte anos de casamento, muda de vida, põe-se a vagar pelas ruas poeirentas, sem objetivo, como se andasse pela estepe, quase inconsciente, de uma inconsciência que lhe proporciona ainda alguma calma. É verdade: encontro por vezes um conhecido, até mesmo um verdadeiro amigo, e sigo-o, de propósito, para não abordá-lo nesse estado de inconsciência. Em outros momentos, pelo contrário, lembra-se de tudo com intensidade, sente-se uma necessidade tão imperiosa de ver uma testemunha desse passado para sempre desaparecido, sente-se bater tão fortemente o coração que é preciso, quer seja de dia, quer seja de noite, correr a lançar-se nos braços de um amigo, ainda mesmo que para isto fosse preciso despertá-lo às três horas da madrugada. Pode ser que eu tenha escolhido mal minha hora, mas não me enganei a respeito do amigo, porque agora sinto-me plenamente reconfortado. Quanto à hora, acreditava, garanto-lhe, que era apenas meia-noite. A gente bebe o próprio pesar e fica de certo modo embriagado. E então não é mais pesar, é como uma nova natureza que sinto bater em mim...

– Como se expressa! – disse com voz surda Vielhtcháninov, de súbito, voltando a ficar sombrio.

– É mesmo, tenho uma maneira estranha de me expressar.

– E... não está brincando?

– Brincando? – exclamou Páviel Pávlovitch, com uma tristeza ansiosa. – Brincando? No momento em que lhe declaro...

– Ah, não diga mais nada, eu lhe peço.

Vielhtcháninov levantou-se e então se pôs de novo a andar pelo quarto.

Passaram-se cinco minutos assim. O visitante quis levantar-se, mas Vielhtcháninov gritou:

– Fique sentado! Fique sentado!

E o outro, docilmente, deixou-se cair de novo em sua cadeira.

– Meu Deus, como está mudado! – retomou Vielhtcháninov, plantando-se diante dele, como se acabasse apenas de reparar nisso. – Terrivelmente mudado! Extraordinariamente! É um homem totalmente diferente!

– Não é de surpreender: nove anos!

– Não, não, não é uma questão de idade. Não foi seu físico que mudou, mas o senhor tornou-se outro homem!

– Ah, sim, é possível. Nove anos!

– Ou não seria antes a partir do mês de março?

– Ah! Ah! – fez Páviel Pávlovitch com um sorriso malicioso –, o senhor gosta de brincar... Mas, vejamos, já que faz questão, que mudança o senhor vê?

– Pois bem... O Páviel Pávlovitch de outrora era um homem completamente sério, decente e talentoso. O de agora não passa de um *vaurien*.*

Vielhtcháninov chegara àquele ponto de nervosismo em que os homens mais senhores de si vão por vezes em palavras mais longe do que querem.

– *Vaurien*! Acha?... Não tenho mais talento? Nada de talento – disse complacentemente Páviel Pávlovitch.

– Ao diabo o talento! Agora o senhor é inteligente, simplesmente isso.

"Estou sendo insolente", pensava Vielhtcháninov, "mas esse canalha é ainda mais insolente do que eu!... Enfim, o que ele quer?"

– Ah! Meu querido Alieksiéi Ivânovitch! – exclamou de repente o visitante, agitando-se em sua cadeira. – O que fazer agora? Nossa disputa não é mais no mundo, na brilhante sociedade do grande mundo! Somos dois velhos e

---

* Velhaco, tratante, patife; em francês no original. (N.T.)

verdadeiros amigos e, agora que nossa intimidade se tornou mais completa, nos relembraremos da preciosa união de nossos dois afetos, entre os quais a falecida era um elo mais precioso ainda!

E, como que transportado pelo ímpeto de seus sentimentos, deixou de novo cair a cabeça e ocultou o rosto por trás do chapéu. Vielhtcháninov fitava-o com uma mistura de inquietação e de repugnância.

"Vejamos, não seria tudo isso senão uma farsa?", pensou ele. "Mas não, não, não! Não tem ar de embriagado... Mas, afinal, pode ser que esteja bêbado: está com a cara bem vermelha. De resto, bêbado ou não, dá tudo no mesmo... Enfim, o que ele quer? Que quer de mim esse canalha?"

– Lembra, lembra? – exclamou Páviel Pávlovitch, afastando pouco a pouco seu chapéu e cada vez mais exaltado em suas recordações. – Lembra-se de nossas excursões ao campo, de nossos serões, de nossos bailes e de nossos pequenos jogos na casa de sua excelência, o muito hospitaleiro Siemion Siemiônovitch? E nossas leituras, à noite, nós três? E nossa primeira entrevista, quando o senhor chegou uma manhã à minha casa para me consultar a respeito de seu caso? Lembra-se de que estava a ponto de impacientar-se quando Natália Vassílievna entrou e, ao fim de dez minutos, o senhor já se tornara nosso melhor amigo, como assim o permaneceu um ano inteiro, inteiramente como em *A provinciana*, a peça do senhor Turguêniev?

Vielhtcháninov passeava lentamente, com os olhos no chão; escutava com impaciência, com repugnância, mas escutava atentamente.

– Nunca pensei em *A provinciana* – interrompeu ele –, e nunca lhe aconteceu falar com essa voz de falsete, nesse estilo que não é o seu. Para que tudo isso?

– É verdade, antes eu me mantinha mais calado – Páviel Pávlovitch retomou a palavra vivamente. – O senhor sabe, eu preferia escutar quando a falecida falava. O senhor lembra como ela conversava, com que espírito... Quanto à obra *A provinciana* e em particular quanto a Stupiéndiev, o senhor tem razão: éramos nós, a querida falecida e eu, que, muitas vezes, pensando no senhor, assim que o senhor se retirava, comparávamos nosso primeiro encontro com aquela peça... e, de fato, a analogia era impressionante. E em particular quanto a Stupiéndiev...

– Que o diabo leve esse seu Stupiéndiev! – exclamou Vielhtcháninov, batendo com o pé, deixando-se arrebatar ao ouvir aquele nome que despertava em seu espírito uma lembrança inquietante.

– Stupiéndiev? Mas é o nome do marido em *A provinciana* – continuou Páviel Pávlovitch, com sua voz mais suave. – Mas tudo isso se refere a outra série de minhas caras recordações, à época que se seguiu à sua partida, quando Stiepan Mikháilovitch Bagaútov concedia-nos o favor de sua amizade, tal como o senhor, mas durante cinco anos inteiros.

– Bagaútov? Qual Bagaútov? – replicou Vielhtcháninov, plantando-se diante de Páviel Pávlovitch.

– Ora, Bagaútov, Stiepan Mikháilovitch Bagaútov, que nos concedeu sua amizade justamente um ano depois do senhor... e... tal como o senhor.

– Mas sim! Por Deus, sim... Eu o conheço – continuou Vielhtcháninov –, esse Bagaútov!... Mas estava ele, creio, exercendo alguma função em sua província?...

– Perfeitamente, exercia funções junto ao governador. Era de Petersburgo... Um rapaz elegante... da melhor sociedade! – exclamou Páviel Pávlovitch em um verdadeiro arrebatamento.

– Mas sim, mas perfeitamente! Onde estou com a cabeça? Então, ele também?..

– Ele também, sim, ele também – repetiu Páviel Pávlovitch, com o mesmo ímpeto, agarrando no voo a palavra imprudente de seu interlocutor –, ele também! Foi então que representamos *A provinciana*, em um teatro de amadores, em casa de sua excelência, o muito hospitaleiro

Siemion Siemiônovitch. Stiepan Mikháilovitch fazia o papel do conde, a falecida fazia "a provinciana" e eu... eu devia representar o papel do marido, mas tomaram-me esse papel, por desejo da falecida, que dizia ser eu incapaz de desempenhá-lo.

– Mas que engraçado Stupiéndiev o senhor faz!... Em primeiro lugar, o senhor é Páviel Pávlovitch Trusótski, e não Stupiéndiev – interrompeu violentamente Vielhtcháninov, que não podia mais conter-se e quase tremia de irritação. – Vejamos, permita: Bagaútov está aqui, em Petersburgo. Eu mesmo o vi na primavera. Por que não vai à casa dele?

– Mas vou todos os dias à casa dele há três semanas. Não me recebem. Está doente, não pode mais receber. Imagine que eu soube, de fonte segura, que está verdadeiramente muito doente. Eis um amigo esse! Um amigo de cinco anos! Ah! Alieksiéi Ivânovitch, disse-lhe e repito: há momentos em que queria estar debaixo da terra e, em outros momentos, pelo contrário, gostaria de tornar a encontrar algum daqueles que viram e viveram nosso tempo passado, para chorar com ele, sim, unicamente para chorar!...

– Bem, chega por hoje, não é? – disse secamente Vielhtcháninov.

– Ah! Sim! Mais do que chega! – disse Páviel Pávlovitch, levantando-se de súbito. – Meu Deus! São quatro horas! Como egoisticamente o incomodei!

– Escute, irei vê-lo por minha vez e espero... Vejamos! Diga-me com franqueza... Não está bêbado hoje?

– Bêbado? Absolutamente não...

– Não bebeu ao vir para cá ou antes disso?

– O senhor sabe, Alieksiéi Ivânovitch, está com febre.

– Amanhã irei vê-lo antes de uma hora.

– Sim – interrompeu, com insistência, Páviel Pávlovitch –, sim, o senhor fala como num delírio. Notei-o há pouco. Estou realmente desgostoso... Sem dúvida, foi minha falta de jeito... sim, vou-me embora, vou-me embora. Mas o senhor, Alieksiéi Ivânovitch, deite-se e trate de dormir.

35

– Mas o senhor não me disse onde mora! – disse Vielhtcháninov por trás dele, enquanto ele saía.

– Não disse? No hotel Pokrov!

– Que hotel Pokrov?

– É bem perto de Pokrov, no beco... Bem, eis que esqueci o nome do beco e o número. Enfim, é bem perto de Pokrov*...

– Saberei encontrar.

– Adeus.

E já estava na escada.

– Espere! Espere! – gritou bruscamente Vielhtcháninov. – O senhor não irá escapar assim, sem mais!

– Como? Escapar? – exclamou o outro, arregalando os olhos e parando no terceiro degrau.

Como resposta Vielhtcháninov tornou a fechar vivamente a porta, deu uma volta à chave e correu o ferrolho; depois voltou a entrar no quarto e cuspiu com desgosto, como se acabasse de tocar em algo sujo. Ficou de pé, no meio do quarto, imóvel, por cinco longos minutos e, de repente, sem se despir, lançou-se sobre seu leito e adormeceu instantaneamente. A vela esquecida em cima da mesa consumiu-se até o fim.

CAPÍTULO IV

A MULHER, O MARIDO E O AMANTE

Vielhtcháninov dormiu profundamente e só acordou às nove e meia. Levantou-se, sentou-se em seu leito e pôs-se a pensar na morte "daquela mulher".

A impressão que sentira com a notícia daquela morte tinha algo de turvo e de doloroso. Havia dominado sua agitação diante de Páviel Pávlovitch; mas, agora que estava só, todo aquele passado de nove anos reviveu subitamente diante dele com uma nitidez extrema.

---

* Quarteirão de Petersburgo. (N.T.)

Aquela mulher, Natália Vassílievna, a mulher "daquele Trusótski", fora sua amada, ele fora seu amante quando, a propósito de um caso de herança, permanecera um ano inteiro em T***, ainda que a regularização do caso não reclamasse permanência tão longa. A verdadeira causa fora aquela ligação. Aquela ligação e aquela paixão haviam-no dominado tão inteiramente que estivera como que escravizado a Natália Vassílievna e teria praticado sem hesitar a ação mais louca e mais insensata para satisfazer o mínimo capricho daquela mulher. Jamais, nem antes, nem depois, semelhante aventura acontecera-lhe. No final do ano, quando a separação tornou-se inevitável, Vielhtcháninov, à aproximação da data fatal, sentira-se desesperado, embora aquela separação devesse ser de curta duração: perdera a cabeça a ponto de propor raptar Natália Vassílievna, de levá-la para sempre para o estrangeiro. Foi necessária toda a resistência tenaz e zombeteira daquela mulher que, a princípio, por tédio ou por brincadeira, parecera ter encontrado o projeto sedutor para obrigá-lo a partir sozinho. E depois? Menos de dois meses após a separação, Vielhtcháninov, em Petersburgo, fizera a si mesmo essa pergunta para a qual não encontrava resposta: amara verdadeiramente aquela mulher ou fora vítima de uma ilusão? E não era nem por volubilidade, nem por uma nova paixão que fazia a si mesmo essa pergunta. Naqueles dois primeiros meses que se seguiram ao seu regresso para Petersburgo, ficou tomado por uma espécie de estupor que o impedia de notar qualquer mulher, embora houvesse retomado sua vida mundana e tivesse ocasião de ver muitas. E sabia bem, a despeito de todas as perguntas que fazia a si mesmo, que, se voltasse a T***, recairia imediatamente sob o encanto dominador dela. Cinco anos mais tarde, estava ainda convencido disso como no primeiro dia, mas essa comprovação não lhe causava senão mau humor e ele só se recordava daquela mulher com antipatia. Tinha vergonha daquele ano passado em T***. Não podia compreender como pudera ter estado tão "estupidamente" amoroso, ele, Vielhtcháninov! Todas as recordações daquela paixão só lhe traziam desgosto: corava de vergonha até quase chorar. Pouco a pouco, porém, reencontrou certa quietude; procurava esquecer e quase o havia conseguido. E eis que, de súbito, após nove anos, tudo aquilo ressuscitava de uma maneira estranha diante dele com a notícia da morte de Natália Vassílievna.

Agora, sentado em seu leito, perseguido por ideias sombrias que se comprimiam em desordem na sua mente, não sentia, não via distintamente senão uma coisa: é que, apesar do abalo que lhe causara a notícia, sentia-se perfeitamente calmo à ideia de sabê-la morta. "Não tenho, então, por ela mais nem mesmo uma saudade?", perguntou a si mesmo. A verdade é que toda aquela antipatia que tivera outrora por ela acabava de desfazer-se e ele podia, naquele momento, julgá-la sem preconceito. A opinião que dela formara, no curso dos nove anos de separação, é que Natália Vassílievna era o tipo da provinciana, da mulher da "boa sociedade" da província, e que talvez tenha sido ele o único que perdera a cabeça por causa dela. De resto, sempre duvidara de que essa opinião pudesse ser errônea e sentia-o também agora. Os fatos evidentemente a contradiziam: aquele Bagaútov estivera, também ele, durante vários anos, a ela ligado, e era claro que também ele fora "subjugado". Bagaútov era na verdade um rapaz do melhor mundo de Petersburgo, "uma nulidade como nenhuma outra", dizia Vielhtcháninov, e que só podia mesmo abrir seu caminho em Petersburgo. E aquele homem havia sacrificado Petersburgo, isto é, todo o seu futuro, e ficara cinco anos em T*** unicamente por causa daquela mulher! Acabara por voltar a Petersburgo, mas é bem possível que tivesse sido apenas porque o haviam mandado passear "como um chinelo velho". Era preciso que houvesse naquela mulher algo de extraordinário, o dom de cativar, de subjugar e de dominar!

No entanto, parecia-lhe que ela não tinha o que é preciso para cativar e subjugar. "Vejamos! Estava longe de ser bela; não sei mesmo se não era simplesmente feia." Quando Vielhtcháninov a conheceu, ela já tinha 28 anos. Seu rosto não era bonito; animava-se por vezes agradavelmente, mas seus olhos eram realmente feios; tinha o olhar excessivamente duro. Era muito magra. Sua instrução era medíocre; tinha o espírito bastante firme e penetrante, porém estreito. Suas maneiras eram as de uma dama da sociedade provinciana; com isso, é preciso dizê-lo, tinha muito tato; tinha gosto excelente; sobretudo, vestia-se com perfeição. Seu caráter era decidido e dominador; impossível entender-se com ela pela metade: "tudo ou nada". Tinha, nos negócios difíceis, uma firmeza e uma energia surpreendentes. Sua alma era generosa e, ao mesmo tempo, ilimitadamente injusta. Não era possível discutir com ela; para ela, duas vezes dois não significava nada. Jamais, em nenhum caso, teria reconhecido sua injustiça ou seus erros. As inúmeras infidelidades a seu marido jamais lhe pesaram na consciência. Era perfeitamente fiel a seu amante, mas somente enquanto ele não a aborrecesse. Gostava de fazer seus amantes sofrerem, mas gostava também de compensá-los. Era apaixonada, cruel e sensível.

Odiava a depravação nos outros, julgava-a com uma dureza implacável e era ela própria depravada. Teria sido absolutamente impossível levá-la a dar-se conta de sua própria depravação. "É muito sinceramente que ela ignora", julgava já Vielhtcháninov, quando ainda estava em T***. "É uma dessas mulheres", pensava ele, "que nasceram para ser infiéis. Não há risco de que mulheres dessa espécie caiam enquanto são donzelas: é lei de sua natureza esperarem para isso que estejam casadas. O marido é o primeiro amante delas, porém jamais antes do casamento. Não há mulheres mais honestas do que elas para o casamento. Naturalmente, é sempre o marido o responsável pelo primeiro amante. E isso continua assim, com a mesma sinceridade: até o fim elas estão persuadidas de que são perfeitamente honestas, perfeitamente inocentes."

Vielhtcháninov estava convencido de que existem mulheres desse gênero e estava igualmente convencido de que existe um tipo de marido correspondente a este tipo de mulheres, sem outra razão de ser senão corresponder a isto. Para ele, a essência dos maridos desse gênero consiste em serem, por assim dizer, "eternos maridos" ou, para melhor dizer, em serem toda a sua vida somente maridos e nada mais. "O homem dessa espécie vem ao mundo e cresce apenas para se casar e, logo que se casa, torna-se imediatamente algo de complementar de sua mulher, mesmo que tenha um caráter pessoal e resistente. A marca distintiva de tal marido é aquele ornamento que é tão impossível não ser usado como ao sol não luzir, e não somente ele sempre ignora, mas ainda deve ignorá-lo, segundo as leis de sua natureza." Vielhtcháninov acreditava firmemente na existência desses dois tipos, e Páviel Pávlovitch Trusótski, em T***, representava exatamente a seus olhos um desses tipos. O Páviel Pávlovitch que acabava de deixá-lo não era naturalmente mais aquele que conhecera em T***. Achara-o prodigiosamente mudado, mas sabia bem que ele não podia ter deixado de mudar e que aquilo era o fato mais natural do mundo: o verdadeiro sr. Trusótski, aquele que ele conhecera, só podia ter sua realidade completa enquanto sua mulher vivesse; o que restava agora era uma parte daquele todo e nada mais, alguma coisa que fora deixada à aventura, algo de surpreendente que não se assemelhava a nada.

Quanto ao que fora o verdadeiro Páviel Pávlovitch, o de T***, eis a lembrança que dele guardara Vielhtcháninov e que lhe voltou ao espírito: "Rigorosamente falando, o Páviel Pávlovitch de T*** era marido e nada mais". Assim, por exemplo, se era ao mesmo tempo funcionário, era unicamente porque se tornava preciso que cumprisse uma das partes essenciais do papel de marido: tomara posição na hierarquia dos funcionários para garantir à sua mulher sua situação na sociedade de T***, sendo, por si mesmo, um funcionário muito zeloso. Tinha então 35 anos; possuía certa fortuna, inclusive bastante considerável. Não mostrava no seu serviço uma capacidade notável, nem, aliás, uma incapacidade notável. Era recebido na melhor sociedade oficial e bem-acolhido em toda parte. Todas as pessoas, em T***, mostravam-se repletas de atenções para com Natália Vassílievna; a isso não dava ela muita importância, recebendo todas as homenagens como coisas devidas; sabia receber com perfeição e educara tão bem Páviel Pávlovitch que ele se igualava em distinção de maneiras às sumidades do governo. "Talvez", pensava Vielhtcháninov, "ele realmente tivesse espírito; porém, como Natália Vassílievna não gostava que ele falasse muito, ele não tinha ocasião de mostrá-lo. Talvez tivesse, de nascença, qualidades e defeitos; realmente as qualidades estavam ocultas, e seus defeitos eram mais ou menos sufocados logo que apontavam." Por exemplo, Vielhtcháninov lembrava-se de que Trusótski era naturalmente inclinado a zombar do próximo: via-se proibido formalmente de fazê-lo. Gostava por vezes de contar alguma anedota: só lhe era permitido contar histórias muito insignificantes e muito brevemente. Gostava de sair, de ir ao clube, beber com amigos; a vontade de fazê-lo foi-lhe bem depressa tirada. E o maravilhoso é que com tudo isso não se podia dizer que aquele marido vivesse sob o chinelo de sua esposa. Natália Vassílievna mostrava toda a aparência da mulher perfeitamente obediente e talvez ela própria estivesse convencida de sua obediência. Talvez Páviel Pávlovitch amasse Natália Vassílievna até a inteira abnegação de si mesmo; contudo, era impossível sabê-lo, tendo-se em vista a maneira como ela havia organizado a vida deles.

Durante seu ano de estada em T***, Vielhtcháninov, mais de uma vez, tinha perguntado a si mesmo se aquele marido nada havia notado da ligação deles. Havia mesmo interrogado a esse respeito, muito seriamente, Natália Vassílievna, que, de cada vez, encolerizara-se e, invariavelmente, respondia que um marido nada sabe dessas coisas, e não pode jamais saber, e que "tudo isso não lhe diz respeito de modo algum".

Outro detalhe curioso: jamais zombava de Páviel Pávlovitch; não o achava nem feio, nem ridículo, e teria até mesmo resolutamente o defendido se alguém tivesse cometido alguma impolidez a seu respeito. Não tendo tido filhos, tivera de consagrar-se exclusivamente à vida mundana, mas amava o seu lar. Os prazeres mundanos jamais a absorveram completamente e gostava das ocupações domésticas, do trabalho de casa. Páviel Pávlovitch lembrava havia pouco seus serões de leituras comuns; era verdade: Vielhtcháninov lia, Páviel Pávlovitch lia também, e inclusive lia muito bem em voz alta, para grande espanto de Vielhtcháninov. Natália Vassílievna, durante aquele tempo, bordava e escutava tranquilamente. Liam-se romances de Dickens, algum artigo de uma revista russa, por vezes algo de "sério". Natália Vassílievna apreciava bastante a cultura de Vielhtcháninov, mas em silêncio, como uma coisa concedida, da qual não havia mais razão para falar. Em geral, os livros e a ciência deixavam-na indiferente, como algo útil, mas que lhe era estranho. Páviel Pávlovitch mostrava-se por vezes entusiasmado.

Aquela ligação rompeu-se subitamente no momento em que a paixão de Vielhtcháninov, que só fizera crescer, quase lhe arrebatava o juízo. Expulsaram-no, de repente, e isso foi arranjado tão bem que ele partiu sem se dar conta de que o haviam posto fora "como um chinelo velho". Um mês e meio antes de sua partida, chegara a T*** um jovem oficial de artilharia que acabava de sair da escola. Foi recebido em casa dos Trusótski: em lugar de três, havia quatro agora. Natália Vassílievna acolheu o rapaz com muita benevolência, mas tratou-o como a um menino. Vielhtcháninov não duvidou de nada; não chegou nem mesmo a compreender no dia em que percebeu que a separação tornara-se necessária. Entre as cem razões por meio das quais Natália Vassílievna demonstrou-lhe que ele devia partir imediatamente, havia esta: ela estava grávida; era preciso, pois, que ele desaparecesse logo; nem que fosse por três ou quatro meses, a fim de que, dentro de nove meses, fosse mais difícil a seu marido fazer a conta se lhe ocorresse alguma suspeita. O argumento era de muita urgência. Vielhtcháninov suplicou-lhe com ardor que fugisse com ele para Paris ou para a América, mas depois partiu sozinho para Petersburgo, "sem a menor suspeita". Acreditava que iria por uns três meses, quando muito; de outro modo, nenhum argumento o teria feito partir por preço algum. Dois meses mais tarde, recebia em Petersburgo uma carta em que Natália Vassílievna rogava-lhe que não voltasse mais porque ela amava outro; quanto à gravidez, havia-se enganado. Essa derradeira explicação era supérflua; via claramente agora: lembrou-se do jovem oficial. Ficou tudo terminado para sempre. Alguns anos mais tarde, soube que Bagaútov fora a T*** e ali permanecera cinco anos inteiros. Disse a si mesmo, para explicar a duração daquela ligação, que Natália Vassílievna devia ter envelhecido bastante e tornara-se mais fiel.

Ficou ali, sentado em seu leito cerca de uma hora; por fim, voltou a si, chamou Mavra, pediu seu café, bebeu-o vivamente, vestiu-se e, justamente às onze horas, pôs-se à procura do hotel Pokrov. Vieram-lhe alguns escrúpulos a respeito de toda a sua entrevista com Páviel Pávlovitch e era preciso que os esclarecesse.

Toda a fantasmagoria da noite explicava-a pelo acaso, pela embriaguez manifesta de Páviel Pávlovitch, talvez por outra coisa ainda, mas o que em seu íntimo não chegava a compreender era o motivo pelo qual agora reataria relações com o marido de outrora, quando tudo estava definitivamente acabado entre eles. Alguma coisa o chamava: havia tornado a sentir uma impressão toda particular, e dessa impressão se destacava algo que o atraía.

CAPÍTULO V
LISA

PÁVIEL PÁVLOVITCH TINHA absolutamente pensado em "escapar", e Deus sabe por que Vielhtcháninov lhe havia feito aquela pergunta: provavelmente porque havia ele próprio perdido a cabeça. À primeira pergunta que fez numa lojinha de Pokrov, indicaram-lhe o hotel, a dois passos, em um beco. No hotel, disseram-lhe que o sr. Trusótski ocupava um apartamento mobiliado na casa de Mária Sisóievna, no pavilhão, ao fundo do pátio. Enquanto subia a escada de pedra, estreita e suja, do pavilhão até o segundo andar, ouviu choro. Era choro de criança, de uma criança de sete a oito anos: a voz era queixosa. Ouviam-se soluços abafados que rebentavam e, ao mesmo tempo, ruído de passos, gritos que se procurava atenuar, sem conseguir, e a voz rouca de um homem. O homem esforçava-se, ao que parecia, por acalmar a criança, fazia tudo para que não a ouvissem chorar, mas ele fazia mais barulho do que ela; as explosões de sua voz eram rudes, e a criança parecia pedir perdão. Vielhtcháninov meteu-se por um estreito corredor no qual se abriam duas portas de cada lado; encontrou uma mulher muito grande, muito gorda, vestida desleixadamente, à qual perguntou por Páviel Pávlovitch. Ela apontou com o dedo a porta de onde vinham os soluços. O rosto largo e vermelho daquela mulher de quarenta anos exprimia indignação.

– Isso o diverte! – resmungou ela, dirigindo-se para a escada.

Vielhtcháninov ia bater à porta, mas reconsiderou, abriu e entrou. O quarto era pequeno, entulhado de móveis simples, de madeira pintada; Páviel Pávlovitch estava de pé, no meio, semivestido, sem colete, sem paletó, o rosto vermelho e transtornado; por meio de gritos, de gestos, talvez até mesmo de golpes, pareceu a Vielhtcháninov que ele procurava acalmar uma menina de oito anos, trajada pobremente, embora como uma senhorita, com um vestido curto de lã negra. A menina parecia estar em plena crise nervosa, soluçava convulsivamente, torcia as mãos para Páviel Pávlovitch como se quisesse abraçá-lo, suplicar-lhe, enternecê-lo. Em um volver de olhos a cena mudou: à vista do estranho, a menina lançou um grito e fugiu para um quartinho contíguo; Páviel Pávlovitch, acalmando-se de repente, expandiu-se todo em um sorriso – exatamente o mesmo que mostrara na noite anterior, quando Vielhtcháninov bruscamente lhe havia aberto a porta.

– Alieksiéi Ivânovitch! – exclamou ele no tom da mais profunda surpresa. – Mas como eu poderia esperar?... Mas entre, então, rogo-lhe! Aqui, no divã... ou não, aqui, na cadeira... Mas como estou eu!...

E apressou-se em vestir o paletó, esquecendo-se de pôr o colete.

– Ora essa, nada de cerimônia; fique como estava.

E Vielhtcháninov sentou-se em uma cadeira.

– Não, não, deixe-me vestir... Ora, assim estou mais apresentável. Mas por que se põe aí nesse canto? Ora! Na cadeira, aqui, perto da mesa... Não esperava...

Sentou-se em uma cadeira de palha, perto de Vielhtcháninov, para vê-lo bem de frente.

– Por que não me esperava? Eu não lhe havia dito que viria a esta hora?

– Sim, mas acreditava que o senhor não viesse. E depois, ao acordar, quanto mais me lembrava de tudo o que se passara, tanto mais me desesperava de torná-lo a ver ainda algum dia.

Vielhtcháninov lançou um olhar em torno de si. O quarto estava em completa desordem, o leito desfeito, roupas lançadas ao acaso, em cima da mesa copos onde se havia bebido café, migalhas de pão, uma garrafa de champanhe aberta, cheia até a metade, com um copo ao lado. Lançou um olhar para o quartinho vizinho: tudo estava silencioso ali. A menina se calara, não se movia.

– Então o senhor bebe agora? – disse Vielhtcháninov, mostrando o champanhe.

– Ah, não bebi tudo... – murmurou Páviel Pávlovitch totalmente confuso.

– O senhor mudou bastante!

– Sim, realmente um mau hábito! Asseguro-lhe, foi desde aquele momento... Não minto... Não posso me conter... Mas fique tranquilo, Alieksiéi Ivânovitch, não estou embriagado neste momento e não direi tolices, como esta noite, em sua casa... Juro-lhe, tudo isso foi a partir daquele momento... Ah, se alguém me tivesse dito, há apenas seis meses, que eu mudaria, e eu tivesse mostrado, num espelho, aquele que sou agora, não teria acreditado, palavra!

– O senhor estava bêbado então, esta noite?

– Sim – confessou em voz baixa Páviel Pávlovitch, confuso, baixando os olhos. – Veja, não estava completamente bêbado, mas havia estado. É preciso que lhe explique... porque, após a embriaguez, torno-me mau. Quando saio da embriaguez, sou mau, fico como louco e sofro terrivelmente. É talvez o pesar que me faz beber. Posso então dizer muitas coisas estúpidas e ferinas. Devo ter-lhe parecido bastante estranho esta noite.

– Não se lembra?

– Como! Não me lembro? Lembro-me muito bem.

– Veja, Páviel Pávlovitch, eu também refleti e é preciso que lhe diga... Mostrei-me para com o senhor, esta noite, um tanto vivo, confesso que um tanto impaciente. Acontece-me por vezes não me sentir muito bem e sua visita de todo inesperada, de noite...

– Sim, de noite, de noite! – disse Páviel Pávlovitch, abanando a cabeça, como se condenasse a si próprio. – Como isso pôde me acontecer? Mas, decerto, não teria eu entrado em sua casa, por nada neste mundo, se o senhor não tivesse aberto a porta... Teria partido... Já havia ido à sua casa, Alieksiéi Ivânovitch, há oito dias e não o encontrei... Talvez não tivesse mais voltado lá! Sou um pouco orgulhoso, Alieksiéi Ivânovitch, embora saiba... de minha situação. Cruzamo-nos na rua, e dizia a mim mesmo cada vez: "Eis que ele não me reconhece, eis que ele volta o rosto". Nove anos é muito tempo, e eu não me decidia a abordá-lo. Quanto a esta noite... tinha esquecido a hora. E tudo é culpa disso – mostrava a garrafa – e de meus sentimentos... É idiota, é muito idiota! E, se o senhor não fosse o homem que é, uma vez que, ainda assim, o senhor vem, depois de minha conduta desta noite, por atenção ao passado, eu teria perdido toda a esperança de recuperar de novo algum dia a sua amizade.

Vielhtcháninov escutava com atenção: parecia-lhe que aquele homem falava sinceramente, até mesmo com alguma dignidade. E, no entanto, ele não tinha nenhuma confiança.

– Diga-me, Páviel Pávlovitch, não está sozinho aqui? Quem é essa menina que estava aqui quando entrei?

Páviel Pávlovitch ergueu as sobrancelhas com um ar de surpresa. Depois, com um olhar franco e amável, disse sorrindo:

– Como? Aquela menina? Mas é Lisa!

– Que Lisa? – balbuciou Vielhtcháninov.

E, de repente, algo nele se agitou. A impressão foi súbita. Ao entrar, ao ver a criança, ficara um tanto surpreso, mas não tivera nenhum pressentimento, nenhuma ideia.

– A nossa Lisa, a nossa filha Lisa – insistiu Páviel Pávlovitch, sempre sorridente.

– Como, sua filha? Mas Natália... a falecida Natália Vassílievna teve filhos? – perguntou Vielhtcháninov com uma voz quase estrangulada, surda, porém calma.

– Mas decerto... Meu Deus, é verdade, o senhor não podia saber. Onde eu tenho então a cabeça? Foi depois de sua partida que o bom Deus nos favoreceu...

Páviel Pávlovitch agitou-se em sua cadeira, um pouco emocionado, mas sempre amável.

– Não soube de nada – disse Vielhtcháninov, ficando muito pálido.

– Com certeza, com certeza!... Como teria sabido? – continuou Páviel Pávlovitch com voz enternecida. – Tínhamos perdido toda a esperança, a falecida e eu; o senhor se lembra bem... E eis que, de repente, o bom Deus nos abençoou! O que senti só Ele o sabe. Aconteceu exatamente um ano depois de sua partida. Não, não foi um ano exato... Espere!... Vejamos, se não me engano, o senhor partiu em outubro, ou talvez em novembro?

– Parti de T*** no começo de setembro, a 12 de setembro; lembro muito bem...

– Ah, sim? Em setembro? Hum!... mas onde tenho eu então a cabeça? – disse Páviel Pávlovitch, muito surpreso. – Afinal, se é bem isso, vejamos: o senhor partiu a 12 de setembro e Lisa nasceu a 8 de maio; foi, pois... setembro, outubro, novembro, dezembro, janeiro, fevereiro, março, abril, oito meses depois de sua partida, mais ou menos!... E se o senhor soubesse como a falecida...

– Mostre-me, chame ela aqui... – interrompeu Vielhtcháninov, com voz abafada.

– Imediatamente, agora mesmo – disse com vivacidade Páviel Pávlovitch, sem acabar sua frase.

E logo passou para o quartinho onde se encontrava Lisa.

Três ou quatro minutos decorreram. No quartinho cochichava-se vivamente, bem baixo; depois se ouviu a voz da menina. "Ela roga que a deixem quieta", pensou Vielhtcháninov. Afinal, apareceram.

– Está muito acanhada – disse Páviel Pávlovitch. – É tão tímida, tão orgulhosa... O retrato perfeito da falecida!

Lisa entrou, de olhos secos e baixos. Seu pai a trouxe pela mão. Era uma menina esbelta, delgada e muito bonita. Ergueu vivamente seus grandes olhos azuis para o estranho, com curiosidade, olhando-o seriamente. Depois, imediatamente, baixou os olhos. Havia no seu olhar a gravidade que têm as crianças quando, sozinhas na presença de um desconhecido, refugiam-se em um canto e de lá observam, com ar desconfiado, o homem que nunca viram; mas talvez houvesse ainda naquele olhar outra expressão, outra coisa além desse pensamento de criança – pelo menos acreditou Vielhtcháninov percebê-lo. O pai levou-a pela mão até ele.

– Olha, aqui está um amigo que conheceu a mamãe; gostava muito de nós; não deves ter medo dele. Dá-lhe a mão.

A criança inclinou-se um pouco e estendeu timidamente a mão.

– Natália Vassílievna não queria que ela aprendesse a fazer a reverência; ensinou-a a cumprimentar assim, à inglesa, inclinando-se ligeiramente e estendendo a mão – explicou ele a Vielhtcháninov, olhando-o fixamente.

Vielhtcháninov sentia-se vigiado, mas nem procurava dissimular mais sua perturbação. Mantinha-se sentado, imóvel, segurando em sua mão a mão de Lisa e fitando com atenção a criança. Mas Lisa estava absorta, esquecia sua mão na mão do estranho e não tirava os olhos de seu pai. Escutava com ar receoso tudo o que ele dizia. Vielhtcháninov reconheceu imediatamente aqueles grandes olhos azuis, mas o que mais o impressionava era a admirável e delicadíssima brancura de seu rosto e a cor de seus cabelos: era por esses indícios que se reconhecia nela. A forma do rosto e a linha dos lábios, pelo contrário, lembravam nitidamente Natália Vassílievna.

Páviel Pávlovitch pusera-se a contar alguma história com muito calor e sentimento, mas Vielhtcháninov não o escutava. Só pegou a derradeira frase:

– ...De modo que, Alieksiéi Ivânovitch, o senhor não pode imaginar a nossa alegria quando o bom Deus nos deu este presente. Desde o dia em que ela nasceu, tornou-se tudo para mim, e dizia a mim mesmo que, se Deus me tomasse a minha felicidade, Lisa pelo menos me restaria. Disso, pelo menos, eu estava certo!

– E Natália Vassílievna? – perguntou Vielhtcháninov.

– Natália Vassílievna – disse Páviel Pávlovitch. – O senhor bem a conhecia. Lembre-se de que ela não gostava de falar; foi somente no seu leito de morte... mas então contou tudo! Sim, zanga-se: grita que com todos aqueles remédios querem matá-la, que não tem senão uma simples febre, que nossos dois médicos de nada entendem; que Koch (lembra-se? O médico militar, aquele velho) a colocava de pé em quinze dias... Ainda cinco horas antes de morrer lembrou-se que dentro de três semanas era preciso ir felicitar, no campo, sua tia, a madrinha de Lisa, pelo seu aniversário...

Vielhtcháninov levantou-se bruscamente, sem largar a mão de Lisa. Naquele olhar que a criança mantinha preso sobre seu pai, parecia-lhe ver uma espécie de censura.

– Ela não está doente? – perguntou ele vivamente, com um ar estranho.

– Doente? Não creio, mas... o estado de nossos negócios... – disse Páviel Pávlovitch, com uma amargura inquieta – e depois, a criança é estranha, nervosa... depois da morte de sua mãe, esteve doente quinze dias... é histeria... Soluçava quando o senhor chegou!... Ouve, Lisa, ouve?... E por quê? Sempre a mesma razão: porque eu saio, deixo-a sozinha, e não a amo mais como no tempo de sua mamãe; é a sua grande censura. E é com essa ideia absurda que fica imaginando coisas, quando só deveria pensar em seus brinquedos. É verdade que ela não tem aqui ninguém com quem brincar.

– Então estão somente os dois aqui?

– Absolutamente sós... Há uma mulher que vem fazer a arrumação, uma vez por dia.

– E o senhor sai e a deixa sozinha?

– Que quer que eu faça? Veja, ontem, saí e então a fechei à chave ali naquele quartinho e foi por isso que tivemos hoje tantas lágrimas. Mas, diga-me, eu poderia fazer de outro modo? Julgue o senhor mesmo, há dois dias ela desceu sem mim ao pátio, e um garoto atirou-lhe uma pedra na cabeça; então pôs-se a chorar e a dirigir-se a todas as pessoas que estavam no pátio para perguntar-lhes onde me encontrava. Reconheço que isso não está certo... Saio por uma hora e só volto no dia seguinte de manhã, como fiz esta noite!... E a proprietária foi obrigada a abrir a porta, já que eu não estava aqui, tendo mandado chamar um serralheiro! Imagine o escândalo! Todos me consideram um monstro. E tudo isso porque não estou com a cabeça no lugar...

– Papai! – disse a menina, com voz medrosa e inquieta.

— Ora, outra vez? Vai recomeçar? Que foi que lhe disse ainda há pouco?

— Não farei mais, não farei mais – gritou Lisa, aterrorizada, torcendo as mãos.

— Não podem continuar vivendo assim – interveio, de súbito, Vielhtcháninov, com impaciência e voz forte. – Vejamos... vejamos, o senhor tem fortuna: como mora então em semelhante espelunca, nestas condições?

— Esta espelunca? Mas vamos partir talvez dentro de oito dias e gastamos, mesmo assim, muito dinheiro, e não adianta ter alguma fortuna...

— Está bem, está bem – interrompeu Vielhtcháninov, com uma impaciência crescente e seu tom significava: "É inútil, sei de antemão tudo o que vai dizer e sei tudo o que isso vale." – Escute, vou fazer-lhe uma proposta. O senhor acaba de dizer que pretende partir dentro de oito dias, digamos quinze. Há aqui uma casa onde me encontro como em família, onde me sinto completamente em casa, há vinte anos. São os Pogoriéltsevi. Sim, Alieksandr Pávlovitch Pogoriéltsev, o conselheiro secreto; poderá ser-lhe útil para o seu caso. Estão agora no campo. Têm uma casa de campo muito confortável. Klávdia Pietrovna Pogoriéltseva é para mim como uma irmã, como uma mãe. Tem oito filhos. Deixe-me levar-lhe a Lisa; eu mesmo o farei para não perder tempo. Eles a acolherão com alegria e a tratarão como a sua filha, a sua própria filha!

— Não é possível – disse Páviel Pávlovitch, com uma careta em que Vielhtcháninov percebeu malícia; este, olhando-o bem nos olhos, perguntou:

— Por quê? Impossível por quê?

— Porque não posso deixar a criança ir assim... Oh! Sei bem que com um amigo tão sincero como o senhor... não é isso... Mas afinal são pessoas da alta-roda e não sei como ela será recebida lá.

— Acabo de dizer-lhe, no entanto, que sou recebido na casa deles como se fosse na de minha própria família!

– exclamou Vielhtcháninov, quase com cólera. – Klávdia Pietrovna receberá Lisa tão bem quanto possível com uma palavra minha... como se fosse minha filha... Que o diabo o carregue! O senhor mesmo bem sabe que diz tudo isso apenas por dizer!

Bateu com os pés.

– E depois – continuou o outro –, será que tudo isso não parecerá bastante estranho? Será preciso sempre que vá vê-la, uma vez ou outra; ela não deve ficar sem seu pai. E... como eu irei a uma casa de nobres?

– Digo-lhe que é uma família muito simples, sem pretensão! – gritou Vielhtcháninov. – Digo-lhe que há muitas crianças lá. Ela renascerá naquela casa. Apresentarei o senhor amanhã mesmo, se quiser. Será absolutamente necessário que o senhor vá lá agradecer-lhes; iremos todos os dias, se quiser...

– Sim, mas...

– É absurdo! E o que é exasperante é que o senhor mesmo sabe que suas objeções são absurdas! Escute, o senhor virá passar a noite em minha casa e depois, amanhã de manhã, partiremos de modo a estar lá ao meio-dia.

– O senhor se excede em gentileza! Até passar uma noite em sua casa!... – assentiu Páviel Pávlovitch, enternecido. – É bondade demais!... E onde é a casa de campo deles?

– Em Liesnói.

– Mas com esse vestido? Na casa de uma família tão distinta, mesmo no campo... Na verdade... O senhor compreende... O coração de um pai!

– Pouco importa o vestido: ela está de luto; não pode usar outro. O vestido com que está é perfeitamente conveniente. Apenas a roupa de baixo um pouco mais limpa, um xale.

De fato, o xale e a roupa branca que se viam deixavam bastante a desejar.

– Imediatamente – disse Páviel Pávlovitch, solícito. – Vou dar-lhe imediatamente a roupa de baixo necessária. Está na casa de Mária Sisóievna.

— Então seria preciso arranjar um carro — disse Vielhtcháninov —, e muito depressa, se for possível.

Porém, surgiu um obstáculo: Lisa resistiu com todas as suas forças. Escutara com terror, e se Vielhtcháninov, enquanto procurava persuadir Páviel Pávlovitch, tivesse tido tempo de olhá-la com um pouco de atenção, teria visto em seu semblante a expressão do mais intenso desespero.

— Não irei — disse ela enérgica e gravemente.

— Está vendo?... Tal qual a mãe!

— Não sou como mamãe! Não sou como mamãe! — gritou Lisa, torcendo desesperadamente suas mãozinhas, como se se defendesse da censura de parecer-se com sua mãe. — Papai, papai, se o senhor me abandonar...

De repente, voltou-se para Vielhtcháninov, que ficou aterrorizado:

— E o senhor, se o senhor me levar, eu...

Não pôde dizer mais nada; Páviel Pávlovitch havia segurado a menina pela mão e brutalmente, com cólera, arrastava-a para o quartinho. Vieram de lá, durante alguns minutos, cochichos e soluços abafados. O próprio Vielhtcháninov ia entrar ali, quando Páviel Pávlovitch voltou e disse-lhe com um sorriso contrafeito que ela estaria imediatamente pronta para partir. Vielhtcháninov fez esforço para não olhá-lo e desviou a vista.

Mária Sisóievna entrou: era a mulher que ele havia encontrado no corredor. Trazia roupa branca que arrumou em uma bonita sacola para Lisa.

— Então, é o senhor, *batiúchka*, que vai levar a menina? — disse ela, dirigindo-se a Vielhtcháninov. — Tem família? Muito bem, *batiúchka*, faz muito bem; ela é muito meiga; o senhor a tira de um inferno.

— Ora, Mária Sisóievna! — resmungou Páviel Pávlovitch.

— Ora, e então? Não será um inferno, isto aqui? Não será uma vergonha portar-se como o senhor faz diante de uma criança que está em idade de compreender?... Quer um carro, *batiúchka*? Para Liesnói, não é?

– Sim, sim.

– Pois bem, então, boa viagem!

Lisa apareceu muito pálida, de olhos baixos, e pegou a sacola. Não lançou um olhar sequer a Vielhtcháninov; continha-se; não se lançou, como ainda havia pouco, nos braços de seu pai para dizer-lhe adeus: era claro que nem mesmo queria olhá-lo. O pai beijou-a formalmente na testa e acariciou-a; os lábios da criança cerraram-se, seu queixo tremeu, mas continuava a não erguer os olhos para seu pai. Páviel Pávlovitch estremeceu, suas mãos tremeram; Vielhtcháninov percebeu isso, mas obrigou-se com todas as suas forças a não olhá-lo. Tinha apenas um desejo: partir o mais depressa possível. "Tudo isso não é culpa minha", pensava ele, "era preciso que acontecesse." Desceram. Mária Sisóievna beijou Lisa e foi então, quando já estava ela no carro, que Lisa ergueu os olhos para seu pai, juntou as mãos e lançou um grito.

Um momento ainda e teria se atirado para fora do carro, para correr para ele, mas os cavalos já haviam se posto em marcha.

CAPÍTULO VI

NOVA FANTASIA DE UM OCIOSO

– ESTÁ SE SENTINDO MAL? – perguntou Vielhtcháninov, espantado. – Vou mandar parar, buscar um copo d'água...

Ela ergueu para ele um olhar violento, cheio de censuras.

– Para onde me leva? – disse, com voz seca e cortante.

– Para a casa de pessoas excelentes, Lisa. Estão agora no campo; a casa é muito agradável; há lá muitas crianças, irão todas gostar de você; são muito gentis... Não fique zangada comigo, Lisa, só lhe quero bem...

Um amigo que o tivesse visto naquele momento o acharia estranhamente mudado.

– Como o senhor é... como é... Oh, como o senhor é mau! – exclamou Lisa, sufocada pelos soluços, olhando-o com seus belos olhos brilhantes de cólera.

– Mas, Lisa, eu..

– O senhor é mau, mau, mau!

Cerrava os punhos. Vielhtcháninov estava aniquilado.

– Lisa, minha Lísotchka, se você soubesse o pesar que me causa!

– É mesmo verdade que ele virá amanhã? É mesmo verdade? – perguntou ela, com voz imperiosa.

– Sim, sim, é mesmo verdade! Eu mesmo o trarei. Irei buscá-lo e o trarei.

– O senhor não pode, ele não virá – murmurou Lisa, baixando os olhos.

– Por quê?... Será que ele não gosta de você, Lisa?

– Não, ele não gosta de mim.

– Diga-me, ele tem feito você sofrer?

Lisa encarou-o com olhar sombrio e não respondeu. Depois se voltou e manteve os olhos baixos, obstinadamente. Ele tentou acalmá-la, falou-lhe com entusiasmo, em uma espécie de febre. Lisa escutava com ar desafiante e hostil, mas escutava. Sentia-se feliz por vê-la tão atenta; pôs-se a explicar-lhe o que é um homem que bebe. Disse que também gostava do pai dela e que velaria por ele. Lisa ergueu por fim os olhos e fitou-o atentamente. Ele contou-lhe como conhecera a mãe dela e notou que Lisa se interessava pelo seu relato. Pouco a pouco, a criança começou a responder às suas perguntas, mas de má vontade, por monossílabos, com um ar suspeitoso. Às perguntas mais importantes não respondia nada; mantinha um silêncio obstinado a respeito de tudo o que tratava de suas relações com seu pai.

Enquanto lhe falava, Vielhtcháninov pegou-lhe a mão, como anteriormente, e manteve-a entre as suas, não tendo a menina retirado a dela. Lisa não se conservou silenciosa até o fim; acabou respondendo-lhe, em termos confusos, que amara mais seu pai que sua mãe, porque outrora ele a amava muito e sua mãe a amava menos; mas que a mãe, no momento de morrer, havia-a beijado com muito ardor e chorado muito, quando todos tinham saído do quarto e elas haviam ficado a sós... E que agora amava mais a sua mãe que a tudo no mundo e a amava cada dia mais.

Mas a criança era muito orgulhosa: quando percebeu que se tinha posto a falar, deteve-se e calou-se. Agora era com uma expressão de ódio que olhava para Vielhtcháninov, que a havia levado a contar tantas coisas. Para o fim da viagem, seus nervos haviam se acalmado, mas conservava-se pensativa, com ar sombrio, selvagem, duro. Parecia, entretanto, sofrer menos com a ideia de que a conduziam à casa de desconhecidos, a uma casa onde nunca estivera. O que a obcecava era outra coisa, e Vielhtcháninov adivinhava-o: tinha vergonha dele, tinha vergonha de que seu pai a tivesse abandonado tão facilmente a um outro, que a tivesse como que lançado às mãos de outrem.

"Está doente", pensava ele, "muito doente talvez; fizeram-na sofrer demasiado... Ah! O bêbado, maldito! Compreendo agora!" Apressou o cocheiro. Contava, para ela, com o campo, o ar livre, o jardim, as crianças, a mudança, uma vida nova; e, em seguida, após isso... Quanto ao que aconteceria depois, não pensava em nada; estava totalmente entregue à esperança. Só via uma coisa: que jamais havia sentido o que sentia agora e que jamais, em toda a sua vida, o esqueceria! "Ei-lo, o verdadeiro fim da vida! Ei-la, a verdadeira vida!", pensava ele, completamente arrebatado.

As ideias vinham-lhe à cabeça em turbilhão, mas ele não se detinha nelas, recusava-se a entrar nos detalhes. Sem os detalhes, as coisas eram simples, seguiriam sem ser preciso pôr a mão nelas. O plano de conjunto desenhava-se por si mesmo. "Haverá meio", pensava ele, "reunindo todas as nossas forças, de despachar esse miserável. Não importa que nos tenha confiado Lisa senão por pouco tempo, será preciso que a deixe em Petersburgo, na casa dos Pogoriéltsevi, e que vá embora sozinho: Lisa ficará comigo. Eis tudo:

por que maiores preocupações? E depois... e depois, afinal de contas, é bem isso que ele mesmo deseja; de outro modo, por que a atormentaria como faz?"

Chegaram, afinal. A casa dos Pogoriéltsevi era, de fato, um lar encantador. Uma turma barulhenta de crianças veio espalhar-se pelo patamar para acolhê-los. Havia muito tempo que Vielhtcháninov não aparecia, e a alegria das crianças foi extrema, porque gostavam muito dele. Antes mesmo que ele descesse do carro, os maiores gritaram-lhe:

– Como é? E o seu processo? Como vai seu processo?

E todos os outros, até o menor, repetiram a pergunta, com risadas. Era um hábito zombar dele a respeito de seu processo. Porém, quando viram Lisa, cercaram-na logo e puseram-se a examiná-la, com a curiosidade silenciosa e atenta das crianças. No mesmo instante, Klávdia Pietrovna saía da casa e, atrás dela, seu marido.

Também eles, a primeira pergunta que fizeram foi indagar, rindo, em que pé estava o processo.

Klávdia Pietrovna era uma mulher de 37 anos, morena, forte, ainda bonita, de tez viçosa, rosada. Seu marido era um homem de 55 anos, inteligente e fino, sobretudo muito bom. A casa deles era na verdade, para Vielhtcháninov, "um canto familiar", como ele dizia. Eis o porquê.

Vinte anos antes, Klávdia Pietrovna estivera a ponto de casar-se com Vielhtcháninov, quando era ele ainda estudante, quase um menino. Fora o primeiro amor, o amor ardente, o amor absurdo e admirável. Tudo isso acabara ao casar-se com Pogoriéltsev. Tornaram a encontrar-se, cinco anos mais tarde, e o amor deles tornou-se uma amizade franca e calma. Da antiga paixão não subsistia senão uma espécie de luz aquecedora, que coloria e aquecia suas relações de amizade. Nada havia que não fosse puro e irrepreensível na recordação que Vielhtcháninov conservava do passado, e tanto mais a ela se apegava porque talvez fosse uma coisa única em sua vida. Aqui, nessa família, era simples, ingênuo e bom, dedicava-se a pequenos cuidados com as crianças, jamais se zangava, aquiescia a tudo, sem reserva. Mais de uma vez declarou aos Pogoriéltsevi que viveria ainda algum tempo no mundo e que em seguida viria instalar-se na casa deles definitivamente para nunca mais abandoná-los. Consigo mesmo, pensava nesse projeto com a maior seriedade.

Deu a respeito de Lisa todas as explicações necessárias; de resto, a expressão de seu desejo bastava; sem nenhuma explicação, Klávdia Pietrovna beijou "a órfã" e prometeu fazer tudo o que dependesse dela. As crianças pegaram Lisa e levaram-na para brincar no jardim. Depois de meia hora de conversa animada, Vielhtcháninov levantou-se e despediu-se. Estava tão impaciente por partir que todos se deram conta disso. Todo mundo ficou surpreso: ficara três semanas sem aparecer e ia embora ao fim de meia hora. Jurou, rindo, que voltaria no dia seguinte. Notaram que ele estava bastante agitado; de repente, pegou a mão de Klávdia Pietrovna e, sob o pretexto de ter se esquecido de dizer-lhe algo muito importante, levou-a a uma peça vizinha.

– Lembra-se do que lhe disse, somente a você, porque seu próprio marido o ignora sobre o ano que vivi em T***?

– Lembro muito bem: você me falou muitas vezes a respeito.

– Não diga que "falei"; diga que me confessei e somente a você! Jamais lhe disse o nome daquela mulher; era a mulher desse Trusótski. Ela morreu, e Lisa é sua filha... e minha filha!

– É verdade? Não se engana? – perguntou Klávdia Pietrovna, um tanto perturbada.

– Estou certo, inteiramente certo de que não me engano – disse Vielhtcháninov, com ardor.

E contou-lhe tudo, tão brevemente quanto pôde, vivamente, com volubilidade. Klávdia Pietrovna, há muito tempo, sabia de tudo, exceto o nome da mulher. Vielhtcháninov sempre temera a ideia de que alguém pudesse encontrar a sra. Trusótskaia e admirar-se de que ele tivesse sentido tanto amor por ela a ponto de haver dissimulado até aquele dia o nome daquela mulher à própria Klávdia Pietrovna, sua amiga mais íntima.

– E o pai não sabe de nada? – perguntou ela, quando ele terminou a sua narrativa.

– Não... Sabe... Afinal, é precisamente o que me atormenta: não consigo ter certeza sobre isso – continuou Vielhtcháninov com calor. – Ele sabe, ele sabe... notei claramente hoje e esta noite. Mas até que ponto sabe, eis o que é preciso que eu tire a limpo e é por isso que preciso partir imediatamente. Ele deve ir à minha casa esta noite. Não consigo imaginar como ele poderia saber – quero dizer: saber tudo... A respeito de Bagaútov, não há dúvida, sabe de tudo. Mas quanto a mim?... Você conhece as mulheres! Em casos assim, não têm embaraço em persuadir seus maridos. De nada valeria um anjo descer do céu, é em sua mulher que o marido acreditaria, e não no anjo... Não abane a cabeça, não me condene; eu me condeno a mim mesmo, condenei-me há muito tempo!... Veja, ainda há pouco, na casa dele, estava de tal modo convencido de que ele sabe tudo, que me traí, eu próprio, diante dele... Acredita? Estou envergonhado por havê-lo recebido esta noite com a mais baixa estupidez... Mais tarde contarei tudo isso com detalhes... É claro que ele foi à minha casa com a intenção de demonstrar que sabia da ofensa e conhecia o ofensor. Foi a única razão daquela visita estúpida em estado de embriaguez... Mas, afinal, é bem natural da parte dele! Quis certamente me deixar confuso. Eu, ainda há pouco, e esta noite, não pude me conter. Procedi como um imbecil. Eu me traí. Também, por que chegou ele num momento em que eu estava tão pouco senhor de meus nervos?... Afirmo-lhe que ele atormentava Lisa, a pobrezinha, unicamente para se vingar!... Asseguro-lhe: é um pobre homem, mas não um mau homem. Tem agora o ar de um sujeito grotesco, ele que era outrora um homem tão perfeitamente colocado; mas, na verdade, é bem natural que tenha acabado por ficar perturbado. Veja, minha amiga, é preciso ser caridoso. Veja, minha caríssima amiga, quero mostrarme bem outro para ele; quero ser muito bondoso com ele. Será uma boa obra. Porque, afinal, sou eu que tenho toda a culpa. Escute, é preciso que o saiba: uma vez, em T***, tive de repente necessidade de quatro mil rublos, e ele me emprestou no mesmo instante, sem querer recibo, com uma verdadeira alegria de me prestar serviço, e eu aceitei, recebi o dinheiro de suas mãos, entende?, como das mãos de um amigo.

– Seja, sobretudo, mais prudente – respondeu Klávdia Pietrovna a esse fluxo de palavras, um pouco inquieta. – Agitado como você está, tenho na verdade receio por você. Certamente, Lisa é no momento minha filha, mas há ainda em tudo isso tantas coisas imprecisas!... O essencial é que você seja mais circunspecto; é realmente preciso ser mais circunspecto quando sente tanta felicidade e tanto entusiasmo. Você se mostra demasiado generoso quando se sente feliz – acrescentou ela com um sorriso.

Saíram todos para acompanhar Vielhtcháninov até seu carro; as crianças levaram Lisa, que brincava com elas no jardim. Olhavam-na agora com mais estupefação do que à chegada. Lisa assumiu um ar totalmente esquivo quando Vielhtcháninov a beijou, diante de todos, disse-lhe adeus e prometeu-lhe de novo, de uma maneira formal, voltar no dia seguinte com seu pai. Até o fim ela permaneceu silenciosa, sem fitá-lo, mas de repente tomou-lhe as mãos, levou-o dali, fixou nele olhos suplicantes. Queria dizer-lhe alguma coisa. Ele a conduziu para a peça vizinha.

– Que há, Lisa? – perguntou ele, com voz terna e persuasiva. Ela, porém, encarava-o sempre com um olhar receoso e levou-o para mais longe ainda, até um canto afastado; não queria que pudessem vê-los. – Diga, Lisa, o que há?

Ela se calava, não ousava resolver-se a falar; seus olhos azuis permaneciam fixos nele, e um terror desvairado pintava-se em suas feições de criança.

– Ele... ele se enforcará! – disse ela, baixinho, como em delírio.

– Quem se enforcará? – perguntou Vielhtcháninov, espantado.

– Ele, ele!... Já esta noite quis se enforcar! – disse a criança, com uma voz precipitada, sem fôlego. – Sim, eu vi! Antes queria também se enforcar, me contou, me contou! Há muito tempo queria fazer isso, sempre quis... Eu vi, esta noite...

– Não é possível! – murmurou Vielhtcháninov, totalmente perplexo.

De repente, ela se lançou às mãos dele e beijou-as; chorava, sufocada pelos soluços, rogava-lhe, suplicava-lhe – e ele nada conseguia compreender daquela crise de nervos. E sempre, depois disso, em estado de vigília ou em sonho, reviu aqueles olhos enlouquecidos da criança desvairada que o olhava com terror e com um derradeiro resto de esperança.

"Ela o ama então, na verdade, tanto assim?", pensou ele, com um sentimento de ciúme, enquanto voltava para a cidade, em estado de impaciência febril. "Ainda há pouco ela mesma me disse que amava mais a sua mãe... Quem sabe? Talvez não o ame, talvez o odeie!... Enforcar-se? Por que ela diz que ele quer se enforcar? Aquele imbecil, enforcar-se!... É preciso que eu saiba e imediatamente! É preciso acabar com isso o mais cedo possível e definitivamente!"

CAPÍTULO VII

O MARIDO E O AMANTE SE BEIJAM

TINHA UM DESEJO imperioso de saber imediatamente. "Esta manhã, eu estava totalmente confuso; foi impossível dominar-me", pensava ele, lembrando-se de seu primeiro encontro com Lisa, "mas agora é preciso que saiba." Para apressar as coisas, esteve a ponto de ir diretamente à casa de Trusótski, mas logo reconsiderou: "Não, é melhor que ele venha à minha casa; enquanto espero, é preciso que me ocupe em pôr um fim nesses meus malditos negócios".

Correu aos seus negócios com uma pressa febril; contudo, ele próprio sentiu, desta vez, que estava bastante distraído e impossibilitado de reter a atenção. Às cinco horas, quando ia jantar, veio-lhe subitamente ao espírito uma ideia estranha que nunca tivera: talvez não fizesse, de fato, senão retardar a solução de seu negócio, com sua mania de meter-se em tudo, de tudo embaralhar, de correr aos tribunais, de importunar seu advogado que fugia dele. Essa hipótese o divertia. "Dizer que, se esta ideia me tivesse vindo ontem, eu ficaria desolado!", notou ele. E sua alegria redobrou.

Com toda essa alegria, sua distração e sua impaciência aumentavam. Pouco a pouco, foi ficando meditativo e seu pensamento inquieto flutuava de um assunto a outro, sem chegar a nenhuma decisão clara a respeito do que mais lhe importava.

"Preciso daquele homem", concluiu. "É preciso que leia até o íntimo dele; depois, será preciso pôr um fim a tudo. Só há uma solução: um duelo!"

Quando entrou em casa às sete horas, não encontrou Pável Pávlovitch, o que lhe causou extrema surpresa. Depois passou da surpresa à cólera, da cólera à tristeza e, enfim, da tristeza ao medo. "Deus sabe como tudo isso acabará!", repetia ele, ora caminhando a grandes passos pelo quarto, ora estirado sobre seu divã, sempre com o olho em seu relógio. Por fim, perto das nove horas, Pável Pávlovitch chegou. "Se esse homem quiser brincar comigo, nenhuma melhor ocasião do que agora, tão pouco senhor de mim me sinto", pensava ele, aparentando seu ar mais alegre e acolhedor.

Perguntou-lhe vivamente, de bom humor, por que tardara tanto a vir. O outro sorriu com um olhar malicioso, sentou-se com grande desembaraço e atirou displicentemente sobre uma cadeira o chapéu de crepe. Vielhtchâninov percebeu logo aquela atitude e ficou de sobreaviso.

Tranquilamente, sem frases inúteis, sem agitação supérflua, falou sobre o seu dia: contou-lhe como se passara a viagem, com que satisfação Lisa fora acolhida, o benefício para a sua saúde; depois, insensivelmente, como se esquecesse de Lisa, passou a não falar senão dos Pogoriéltsevi. Louvou-lhes a bondade, a velha amizade que o unia a eles, falou do homem excelente e distinto que era Pogoriéltsev e outras coisas semelhantes. Páviel Pávlovitch ouvia com ar distraído e lançava de vez em quando a seu interlocutor um sorriso incisivo e sarcástico.

— O senhor é um homem ardente — murmurou, por fim, com uma risadinha de escárnio.

— E o senhor, o senhor está hoje de muito mau humor — disse Vielhtcháninov, em tom zangado.

— E por que eu não seria mau como todo mundo? — exclamou Páviel Pávlovitch, saltando fora de seu canto.

Parecia ter esperado apenas uma ocasião para explodir.

— O senhor tem toda a liberdade! — disse Vielhtcháninov, sorrindo. — Pensei que lhe havia acontecido algo.

— Sim, aconteceu-me algo — exclamou o outro, ruidosamente, como se se orgulhasse disso.

— Que foi então?

Páviel Pávlovitch tardou um pouco a responder:

— Sempre é o nosso amigo Stiepan Mikháilovitch que faz das suas!... Sim, perfeitamente, Bagaútov, o mais galante cavalheiro de Petersburgo, o jovem da melhor sociedade!

— Será que se recusou mais uma vez a recebê-lo?

— De modo algum: desta vez recebeu-me, consentiu que o visse, que contemplasse seu semblante... Mas não era mais o semblante de um morto.

— Como? O quê? Bagaútov morreu? — disse Vielhtcháninov, com uma estupefação intensa, embora não houvesse naquilo nada que devesse causar-lhe tamanho espanto.

— Perfeitamente! Ele mesmo!... Ah, o bravo, o único amigo de seis anos!... Foi ontem cerca do meio-dia que ele morreu e eu nada soube!... Quem sabe? Talvez tenha morrido no instante em que ia eu saber notícias dele! Enterram-no amanhã; já está em um caixão de veludo roxo, com galões dourados... Morreu de um ataque de febre nervosa... Deixaram-me entrar, pude rever suas feições. Apresentei-me como seu amigo íntimo, foi por isso que me deixaram entrar... Veja um pouco, rogo-lhe, o que fez comigo, esse caro amigo de seis anos! Talvez unicamente por causa dele é que vim a Petersburgo!

– Mas não vá se zangar contra ele – disse Vielhtcháninov, sorrindo. – O senhor não pense que ele morreu de propósito!

– Como então? Mas tenho muita pena dele, do caríssimo amigo!... Veja tudo o que ele significava para mim.

E de repente, da maneira mais inesperada, Páviel Pávlovitch levou dois dedos à sua fronte calva e, entesando-os de ambos os lados, em forma de corno, pôs-se a rir, com um riso calmo, prolongado. Ficou assim durante meio minuto, olhando com uma insolência maldosa bem dentro dos olhos de Vielhtcháninov. Este ficou estupefato, como se visse um espectro, mas sua estupefação durou apenas um instante; um sorriso zombeteiro, friamente provocante, desenhou-se lentamente em seus lábios.

– O que quer dizer tudo isto? – perguntou displicentemente, arrastando as palavras.

– Isso quer dizer... o que o senhor bem sabe! – respondeu Páviel Pávlovitch, tirando por fim os dedos da testa.

Ambos se calaram.

– O senhor é realmente um homem corajoso! – continuou Vielhtcháninov.

– Mas por quê? Porque lhe mostrei isto?... Sabe de uma coisa? O senhor faria muito melhor, Alieksiéi Ivânovitch, se me oferecesse algo. Dei-lhe de beber em T***, durante um ano inteiro, sem faltar um dia... Mande, então, trazer uma garrafa, estou com a garganta seca.

– Com prazer. Deveria tê-lo dito antes... O que quer tomar?

– Não diga "quer", diga queremos. É preciso que bebamos juntos, não é?

E Pável Pávlovitch olhava-o atentamente nos olhos, com um ar de desafio, com uma espécie de inquietação estranha.

– Champanhe?

– Evidentemente. Ainda não chegamos à aguardente.

Vielhtcháninov levantou-se sem pressa, tocou chamando Mavra e deu-lhe a ordem.

– Beberemos à nossa feliz e alegre reunião após nove anos de separação! – exclamou Pável Pávlovitch, numa explosão de riso absurdo que não foi adiante. – Agora, é a sua vez, é o senhor quem resta como meu único e verdadeiro amigo! Acabado, Stiepan Mikháilovitch Bagaútov! É como diz o poeta:

> Acabou-se o grande Pátroclo,
> O vil Tersite inda é vivo!

E, ao pronunciar o nome de Tersite, designava a si mesmo com o dedo.

"Vamos, animal! Explique-se mais depressa, porque não gosto de subentendidos", pensava Vielhtcháninov. A cólera fervia nele, e ele fazia grande esforço para conter-se.

– Vejamos, diga-me – falou-lhe, zangado –, se tem queixas certas contra Stiepan Mikháilovitch – não o chamava mais simplesmente de Bagaútov –, deveria sentir uma alegria muito viva pela morte de seu ofensor; por que, então, parece estar zangado?

– Alegria? Que alegria? Por que alegria?

– Na verdade, julgo assim, colocando-me no seu lugar.

– Ah! ah! ah! Nesse caso, engana-se bastante o senhor a respeito de meus sentimentos. O sábio disse: "Um inimigo morto, está bem; um inimigo vivo, é ainda melhor..." Ah! ah! ah!

– Mas enfim o senhor o viu vivo, todos os dias durante cinco anos, penso eu, e teve todo o tempo para contemplá-lo – disse Vielhtcháninov de maneira maligna e agressiva.

– Mas eu então sabia, eu então sabia? – exclamou vivamente Pável Pávlovitch, saltando de novo de seu canto, e parecia sentir uma alegria em ver enfim a pergunta que esperava há muito tempo. – Mas, vejamos, Alieksiéi Ivânovitch, por quem me toma o senhor?

E no seu olhar brilhou de súbito uma expressão toda nova, toda imprevista, que transfigurou repentinamente seu rosto até ali torcido por um riso de escárnio mau e repugnante.

– Como! O senhor não sabia de nada? – disse Vielhtcháninov, cheio de estupefação.

– Ah, imaginava o senhor que eu soubesse?! Ah! Vocês, da raça de Júpiter! Para vocês, um homem não passa de um cão, e acreditam que todo mundo é feito segundo o modelo de suas miseráveis mediocridades!... Eis o que tenho para vocês! Peguem!

Bateu violentamente com o punho sobre a mesa, mas logo depois se assustou com tanto barulho, mirou em torno de si, com um olhar medroso.

Vielhtcháninov retomara toda a sua segurança.

– Escute, Páviel Pávlovitch, para mim é perfeitamente indiferente, convenha, que o senhor o tenha sabido ou não. Se não soube, isso lhe faz honra, evidentemente, se bem que... De resto, não compreendo de maneira nenhuma por que me tomou o senhor para seu confidente.

– Não me referia ao senhor... não se zangue... não me referia ao senhor... – gaguejou Páviel Pávlovitch, com os olhos baixos.

Mavra entrou, trazendo o champanhe.

– Ah! – exclamou Páviel Pávlovitch, visivelmente encantado com a interrupção. – Taças, *mátuchka**, taças! Perfeito! Bem, é tudo de que precisamos. Está desarrolhado? Admirável, encantadora criatura! Muito bem, pode sair.

Havia retomado a coragem; de novo olhou Vielhtcháninov bem no rosto, com ar audacioso.

---

* A mulher do *pope*. Termo arcaico, utilizado também pelo povo ao se dirigir à mãe ou a pessoas respeitosas, às quais se quer tratar com consideração e afeto ao mesmo tempo. (N.T.)

– Confesse – disse ele, rindo com ironia – que tudo isso o intriga tremendamente, que tudo isso está longe de ser-lhe "perfeitamente indiferente", como bem quis dizer, e que ficaria desapontado se eu me levantasse agora mesmo e fosse embora sem explicar nada.

– O senhor está completamente errado; não ficaria desapontado de maneira nenhuma.

"Mentes!", dizia o sorriso de Páviel Pávlovitch.

– Pois bem, então, bebamos! – E encheu os copos.

– Bebamos – continuou ele, erguendo sua taça, – à saúde póstuma daquele pobre amigo, Stiepan Mikháilovitch.

– Não farei um brinde semelhante – disse Vielhtcháninov, pousando sua taça.

– Mas por quê? É um brinde encantador.

– Diga, o senhor estava embriagado ao chegar?

– Ora! Bebi um pouco. Por que isso?

– Oh, nada de particular. É que me pareceu ver, na noite passada e especialmente esta manhã, que o senhor tinha um pesar sincero pela morte de Natália Vassílievna.

– E quem lhe diz que meu pesar é menos sincero agora? – disse Páviel Pávlovitch, saltando de novo, como movido por uma mola.

– Não é isso que quero dizer, mas o senhor mesmo reconhece que pode ter-se enganado a respeito de Stiepan Mikháilovitch, e isto é importante.

Páviel Pávlovitch escarneceu, piscando o olho.

– Ah, o senhor está querendo saber por qual meio descobri Stiepan Mikháilovitch!

Vielhtcháninov corou:

– Repito-lhe mais uma vez que isso é indiferente para mim. – "Se o pusesse para fora com sua garrafa!", pensava ele. Sua cólera subia, enquanto seu rosto tornava-se cor de púrpura.

– Ora! Nada disso não tem importância – disse Páviel Pávlovitch, como se quisesse tornar a dar-lhe coragem. E encheu sua taça. – Vou explicar-lhe em seguida como soube de tudo e satisfazer sua curiosidade ardente... porque o senhor é um homem ardente, Alieksiéi Ivânovitch, um homem terrivelmente ardente! Ah! ah! ah! Por favor, dê-me um cigarro, porque desde o mês de março...

– Aqui está.

– Ah, sim, foi a partir do mês de março que me estraguei, Alieksiéi Ivânovitch, e eis como tudo isso aconteceu. Escute. A tísica, você bem sabe, caro amigo – tornava-se ele cada vez mais familiar –, a tísica é uma doença curiosíssima. Na maior parte das vezes, o tísico morre sem quase dar-se conta. Eu lhe digo que, cinco horas antes do fim, Natália Vassílievna projetava ainda ir ver, quinze dias mais tarde, uma tia dela, que morava a quarenta verstas* de lá. Por outra parte, você conhece certamente o hábito ou, para melhor dizer, a mania que têm muitas mulheres, e talvez também muitos homens, a mania de conservar as velhas correspondências amorosas... O mais seguro é lançá-las ao fogo, não é? Pois bem! O menor farrapo de papel, elas precisam fechá-los preciosamente em cofrezinhos ou estojos; chegam a classificar tudo isso, bem numerado, por anos, por categorias, por séries. Não sei se acham isso uma consolação, mas é certo que devem encontrar nisso agradáveis recordações... Evidentemente, quando, cinco horas antes do fim, projetava ir visitar sua tia, não pensava Natália Vassílievna, de modo algum, que ia morrer; nem mesmo pensava uma hora antes, quando ainda chamava o dr. Koch. Ele chegou assim que ela morreu, e o cofrezinho de madeira negra, incrustado de nácar e de prata, ficou lá, em cima de sua escrivaninha. Era um cofrezinho encantador, com uma minúscula chavezinha, um cofrezinho de família, que vinha de sua avó. Pois bem: naquele cofrezinho havia de tudo, mas tudo o que se chama tudo; tudo sem exceção, tudo desde vinte anos, classificado por anos e por dias. E como Stiepan Mikháilovitch tinha um gosto muito acentuado pela literatura, havia na caixinha talvez umas cem cartas por ele compostas,

---

* Antiga medida russa para distâncias, equivalente a 1.067 quilômetros. (N.T.)

com as quais se poderia fazer um romance bastante apaixonado para uma revista. É verdade que aquilo durara cinco anos. Algumas cartas estavam anotadas pela mão de Natália Vassílievna... É agradável para um marido, não acha?

Vielhtcháninov refletiu por um momento e lembrou-se de que jamais havia escrito a Natália Vassílievna a menor carta ou bilhete. De Petersburgo escrevera duas cartas, mas eram dirigidas aos dois esposos, como fora combinado. Nem mesmo respondera à derradeira carta de Natália Vassílievna, aquela com que o despedira.

Quando acabou sua narrativa, Páviel Pávlovitch calou-se por um minuto inteiro, com seu sorriso insolente e interrogativo.

– Por que não responde à minha pequena pergunta? – disse ele, com insistência.

– Que pequena pergunta?

– Relativamente aos sentimentos agradáveis que um marido experimenta descobrindo a caixinha.

– Ora, que me importa! – disse Vielhtcháninov, com ar agitado, levantando-se e caminhando pelo quarto de ponta a ponta.

– Aposto que você está dizendo a si mesmo neste momento: "Que animal! Fazendo ele próprio a exibição de sua desonra!". Ah! ah! ah! Que homem cheio de escrúpulo você é!

– Não penso em nada disso. Bem pelo contrário. O senhor está extremamente excitado por causa da morte do homem que o ofendeu e, além disso, bebeu muito vinho. Nada vejo nisso de extraordinário; compreendo perfeitamente por que o senhor fazia questão de que Bagaútov vivesse e entendo muito bem seu desapontamento, mas...

– E por que então, na sua opinião, eu fazia tanta questão de que Bagaútov vivesse?

– Isso é problema seu.

– Aposto que você pensava em um duelo!

– Que o diabo o carregue! – exclamou Vielhtcháninov, cada vez menos senhor de si. – O que eu pensava é que um homem direito... em um caso dessa espécie, não se rebaixa ao falatório destemperado, às caretas estúpidas, aos gemidos ridículos e aos subentendidos repugnantes que só degradam aquele que os emprega, mas age franca e abertamente, sem reticências... um homem direito, é claro!

– Ah! ah! ah! E então não sou eu um homem direito?

– Isso, mais uma vez, é problema seu... Mas, afinal, por que diabos, depois disso, tinha o senhor tanta necessidade de que Bagaútov vivesse?

– Por quê? Mas somente para vê-lo, o querido amigo! Teríamos mandado buscar uma garrafa e bebido juntos.

– Ele teria se recusado a beber com o senhor.

– Mas por quê? *Noblesse oblige*! Você bebe comigo, ora essa! Por que teria sido ele mais delicado?

– Eu? Não bebi com o senhor.

– E por que, de repente, tanto orgulho?

Vielhtcháninov desatou a rir, um riso nervoso e agitado.

– Oh! Decididamente, o senhor é feroz! E eu que acreditava que o senhor era simplesmente um "eterno marido"!

– Como assim, um "eterno marido"? Que você entende por isso? – perguntou Páviel Pávlovitch, apurando o ouvido.

– Oh, nada, um tipo de marido... Leva muito tempo para explicar. Além disso, é preciso que o senhor se vá; já está na hora. O senhor me aborrece!

– E por que "feroz"? Você disse "feroz".

– Disse-lhe, em tom de brincadeira, que o senhor é realmente feroz.

– Que entende por isso? Peço, Alieksiéi Ivânovitch, que me diga, pelo amor de Deus ou pelo amor de Cristo!

– Vamos, basta! – exclamou Vielhtcháninov, encolerizado. – Já é hora, retire-se!

– Não, ainda não é o bastante! – disse Páviel Pávlovitch, com voz vibrante. – É possível que o aborreça, mas não irei embora assim, porque antes quero beber com você, brindar com os nossos copos. Bebamos, e depois irei, mas não antes!

– Páviel Pávlovitch, você vai ou não para o diabo?

– Irei para o diabo, mas depois que tivermos bebido! Você disse que não queria beber comigo; pois bem: eu quero que você beba comigo!

Não escarnecia mais, não dissimulava mais. Em todos os traços de seu rosto, operara-se uma transformação tão completa que Vielhtcháninov ficou estupefato.

– Ora, vamos, Alieksiéi Ivânovitch, bebamos; vamos, não haverá de recusar! – continuou Páviel Pávlovitch, agarrando-lhe fortemente a mão e fixando nele um olhar estranho.

Manifestamente, tratava-se agora de outra coisa que não um copo de vinho.

– Afinal, se você quer – murmurou o outro. – Mas, veja, já está no fundo...

– Restam justamente dois copos e o fundo não está turvo; vamos, bebamos e brindemos! Tenha a bondade de pegar sua taça.

Brindaram com as taças e beberam.

– Pois bem! Agora... já que é assim... Ah!

Páviel Pávlovitch levou a mão à testa e ficou assim alguns instantes. Vielhtcháninov esperava; acreditava que, desta vez, o outro iria dizer tudo, até a última palavra. Mas Páviel Pávlovitch não disse nada. Olhava Vielhtcháninov calmamente, a boca torcida em um sorriso malicioso e sarcástico.

– Afinal, o que quer de mim, seu bêbado? Você zomba de mim! – exclamou Vielhtcháninov, com uma voz furiosa, batendo com o pé.

– Não grite, não grite, por que gritar? – disse o outro, muito depressa, acalmando-o com um gesto. – Não estou zombando!... Ah! Você sabe o que é para mim?

E, com um movimento rápido, pegou-lhe a mão e beijou-a. Vielhtcháninov não teve tempo de retirá-la.

– Eis o que é você para mim. E agora vou para todos os diabos!

– Espere, fique! – exclamou Vielhtcháninov. – Esqueci de dizer...

Páviel Pávlovitch, que estava já perto da porta, voltou.

– Veja – disse Vielhtcháninov, com uma voz quase baixa, muito depressa, corando e desviando a vista –, é conveniente que você vá amanhã sem falta à casa dos Pogoriéltsevi para conhecê-los e agradecer-lhes... mas sem falta!

– Decerto, sem falta! É natural – respondeu Páviel Pávlovitch, com uma solicitude insólita, fazendo sinal com a mão de que era supérfluo insistir.

– Além disso, Lisa quer muito vê-lo. Prometi a ela...

– Lisa? – repetiu Páviel Pávlovitch. – Lisa? Você sabe o que ela foi para mim, Lisa, o que ela foi e o que ela é? – E ele gritava, como que arrebatado. – Mas tudo isso... tudo isso ficará para mais tarde... No momento, não basta que você tenha bebido comigo, Alieksiéi Ivânovitch, preciso absolutamente de uma outra satisfação...

Pousou seu chapéu sobre uma cadeira e, de novo, como fizera há pouco, um tanto ofegante, olhou Vielhtcháninov bem no rosto.

– Beije-me, Alieksiéi Ivânovitch – disse ele bruscamente.

– Você está bêbado! – gritou o outro, recuando.

– Bêbado! Meu Deus, sim, mas isso não importa; beije-me, Alieksiéi Ivánovitch... Ah, é preciso que você me beije! Eu mesmo lhe beijei a mão, eu, há pouco!

Vielhtcháninov ficou um momento em silêncio, como se tivesse recebido uma paulada na cabeça. Depois, com um gesto brusco, inclinou-se para Páviel Pávlovitch, que estava ali, bem junto dele, e beijou-o nos lábios que tresandavam horrivelmente a vinho. Tudo isso foi tão rápido, tão estranho, que ele não soube jamais se realmente o havia beijado.

– Ah! Agora... agora!... – exclamou Páviel Pávlovitch, em um arrebatamento de ébrio, com os olhos brilhantes. – Ah, você vê? É o que dizia a mim mesmo: "Como? Então ele também? Mas então, se é verdade, em quem acreditar?" – E pôs-se a chorar.

– Então, você compreende que amigo é agora para mim!...

Pegou seu chapéu e saiu às pressas. Vielhtcháninov ficou alguns instantes de pé, cravado no lugar, tal como após a primeira visita de Páviel Pávlovitch.

"Ora! É um ébrio e um grotesco e nada mais!", pensou dando de ombros. "Nada mais, decerto!", acentuou energicamente, depois que se despiu e se meteu na cama.

CAPÍTULO VIII
Lisa está doente

No dia seguinte, de manhã, enquanto esperava Páviel Pávlovitch, que prometera ser pontual, para ir à casa dos Pogoriéltsevi, Vielhtcháninov passeou pelo quarto, tomou seu café, fumou e meditou: a cada instante, tinha a impressão de ser um homem que, ao despertar, lembra-se de que, na véspera, levou uma bofetada. "Hum, ele sabe perfeitamente bem como tudo se passou e quer vingar-se de mim servindo-se de Lisa!", pensava ele, enchendo-se de medo.

O vulto delicado e triste da criança surgiu diante dele. O coração batia-lhe à ideia de que naquele mesmo dia, em breve, dentro de duas horas, veria sua Lisa. "Não há dúvida", concluiu ele com ardor, "nela se resume toda a minha vida e o meu único objetivo. Que me importam todas as bofetadas e todos os regressos ao passado?... Para que serviu minha vida até agora? Desordem e pesares... Mas, então, tudo mudou: é outra coisa!"

Apesar de sua exaltação, as preocupações invadiam-no cada vez mais.

"Ele se vingará de mim por meio de Lisa, é claro! E se vingará em Lisa. Por meio dela é que me atingirá. Não tolerarei mais afrontas como as de ontem!" Corou ao recordá-las. "Mas ele não chega e já é meio-dia!"

Esperou ainda até meio-dia e meia, e sua angústia aumentava. Páviel Pávlovitch não chegava. Por fim, a ideia de que, se ele não vinha, era apenas para aumentar ainda mais suas afrontas da véspera, essa ideia, que voltava há muito tempo ao fundo de sua alma, apoderou-se dele inteiramente e transtornou-o. "Ele sabe que dependo dele: como posso agora apresentar-me diante de Lisa sem ele?"

Por fim, não pôde mais resistir: à uma hora foi às pressas a Pokrov. Disseram-lhe que Páviel Pávlovitch não havia dormido em casa, que regressara de manhã, às nove horas, que não se detivera mais de quinze minutos e que tornara a partir. Vielhtcháninov escutava as explicações da criada, de pé, diante da porta de Páviel Pávlovitch, cuja maçaneta atormentava maquinalmente. Quando ela acabou, ele cuspiu, largou a porta e pediu que o conduzissem à presença de Mária Sisóievna. Esta, tendo sabido que ele estava ali, acorreu no mesmo instante.

Era uma excelente mulher, "uma mulher de sentimentos muito generosos", como dela dizia Vielhtcháninov, quando contou em seguida a Klávdia Pietrovna a conversa que tiveram. Imediatamente, depois de ter pedido notícias da menina, deixou-se ficar conversando a respeito de Páviel Pávlovitch. Como ela dizia, "não fosse a menina, já o teria mandado passear há muito tempo. Já o haviam transferido do hotel para o pavilhão por causa da desordem de sua vida. Na verdade, é um crime trazer raparigas para casa quando se tem uma filha em idade de compreender! E ele grita para ela então: "Olha, ela é que será tua mãe quando eu quiser!". Imagine o senhor que a mulher que ele trouxe cuspiu-lhe na cara, cheia de nojo. E ele lhe disse ainda outra vez: "Você não é minha filha, é uma bastarda."

– Como! – exclamou Vielhtcháninov apavorado.

– Ouvi com meus próprios ouvidos. É um bêbado que não sabe o que diz, é verdade; mas, afinal, nada disso se deve dizer diante de uma criança! Não importa que ela seja pequena, tudo isso entra no seu espírito e ali fica! A pequena chora; eu sei, ela sofre demais. Há alguns dias, houve em nossa casa uma desgraça: alguém, um comissário, segundo diziam, veio alugar um quarto, uma noite; no dia seguinte, de manhã, tinha se enforcado. Dizem que perdeu no jogo. Junta gente, Páviel Pávlovitch não está em casa; a pequena, sem vigilância, sai; eu mesma entro no corredor, entre as pessoas, e a vejo, do outro lado, olhando o enforcado com um ar estranho. Então a levei dali o mais depressa. E, imagine o senhor, ela se põe a tremer de febre, fica toda escura e, mal entra no quarto, cai no chão, totalmente rígida. Friccionei-a, bati-lhe nas mãos, tive um grande trabalho para fazê-la voltar a si. É epilepsia, não? Desde aquele momento, ela começou a viver penosamente. Quando o pai entrou, soube de tudo; começou a beliscá-la fortemente, porque, veja o senhor, gosta de beliscá-la em vez de bater-lhe. Depois serviu-se de um bom copo de vinho e, em seguida, se volta para ela e lhe diz para amedrontá-la: "Eu também vou me enforcar e será por tua causa que me enforcarei. Olha, é com esta corda em que me enforcarei". E faz um nó na frente dela. E então a pequena perdeu a cabeça, lançou-se a ele, agarrando-o com suas mãozinhas e gritando: "Não farei mais! Não farei mais!" Ah, deu pena!

Vielhtcháninov esperava tudo daquele homem, mas tal narrativa consternou-o tanto que ele não podia crer que fosse verdadeira. Mária Sisóievna contou ainda muitos outros fatos. Uma vez, por exemplo, se ela não tivesse estado lá, Lisa talvez tivesse se atirado pela janela. Quando se despediu de Mária Sisóievna, ele estava como que embriagado: "Eu o matarei, como a um cão, com uma paulada na cabeça!", repetia para si mesmo.

Tomou um carro e foi à casa dos Pogoriéltsevi. Antes de sair da cidade, o carro teve de parar numa encruzilhada, perto de uma pequena ponte sobre a qual desfilava um longo enterro. As proximidades da ponte estavam atravancadas pelas carruagens estacionadas e via-se ali uma multidão compacta, olhando. O enterro era rico; a fila dos carros, longa. De repente, em um daqueles carros, Vielhtcháninov viu aparecer a figura de Páviel Pávlovitch. Não teria acreditado em seus olhos se o outro não tivesse se debruçado na portinhola e não o tivesse cumprimentado com um aceno de mão e um sorriso. Evidentemente, estava encantado com o encontro. Vielhtcháninov saltou do carro e, apesar da multidão e dos guardas, deslizou até a portinhola do carro, que já ia entrando pela ponte. Páviel Pávlovitch estava só.

– Por que não veio? – gritou Vielhtcháninov. – Como está aqui?

– Presto as derradeiras homenagens... Não grite, não grite!... Presto as derradeiras homenagens – disse Páviel Pávlovitch, com um piscar de olhos jovial. – Acompanho os despojos mortais de meu excelentíssimo amigo Stiepan Mikháilovitch.

– Tudo isso é absurdo, seu bêbado estúpido! – gritou ainda mais forte Vielhtcháninov, um pouco confuso. – Vamos, desça imediatamente e venha comigo. Vamos, imediatamente!

– Não é possível... é um dever...

– Vou levá-lo à força – berrou Vielhtcháninov.

– E eu gritarei, eu gritarei! – disse Páviel Pávlovitch, com sua mesma explosão de riso jovial, como se a brincadeira o divertisse e encolhendo-se no fundo do carro.

– Atenção! Atenção! O senhor vai ser atropelado! – gritou um guarda.

E, de fato, um carro chegava à ponte, com grande barulho, em sentido inverso ao do cortejo. Vielhtcháninov teve de saltar de lado; outras carruagens e a multidão atiraram-no mais longe. Cuspiu de despeito e voltou ao seu carro.

"Paciência, de qualquer maneira não teria sido possível levá-lo naquele estado!", pensava ele, inquieto e em plena confusão.

Quando contou a Klávdia Pietrovna as histórias de Mária Sisóievna e o estranho encontro naquele enterro, ela ficou pensativa:

— Tenho medo por você – disse-lhe. – Precisa romper todas as relações com esse homem o quanto antes.

— Ora! É um ébrio, um grotesco, e nada mais! – exclamou Vielhtcháninov, com arrebatamento. – Eu, ter medo dele? E como quer você que eu rompa todas as relações com ele quando existe Lisa? Não se esqueça de Lisa!

Lisa estava deitada, muito doente. A febre apoderara-se dela na véspera, à noite, e esperava-se um médico de renome, que haviam mandado chamar na cidade de manhã bem cedo. Vielhtcháninov ficou inteiramente transtornado. Klávdia Pietrovna levou-a à cabeceira da doente.

— Observei-a ontem com muita atenção – disse-lhe ela antes de entrar. – É orgulhosa e triste. Tem vergonha de estar aqui, abandonada por seu pai. Na minha opinião, toda a sua doença é esta.

— Como! Abandonada? Por que pensa que ele a abandonou?

— Ora, o simples fato de deixá-la vir para cá, para uma casa totalmente desconhecida, com um homem... quase igualmente desconhecido, ou quando menos...

— Mas fui eu mesmo que a tomei, que tive de tomá-la a força. Não vejo...

— Meu Deus, não é de mim que se trata, é de Lisa, que é uma criança e que vê as coisas assim... Pela minha conta, estou certa de que ele não virá nunca.

Quando viu que Vielhtcháninov havia chegado sozinho, Lisa não se mostrou surpresa. Sorriu com tristeza e voltou para a parede sua cabecinha quente de febre. Não respondeu nada às tímidas palavras de consolo, nem às ardentes promessas de Vielhtcháninov, que se comprometeu a trazer-lhe seu pai no dia seguinte, sem falta. Ao afastar-se dela, ele se pôs a chorar.

O médico só chegou à noite. Depois que examinou a doente, amedrontou a todos desde a primeira palavra, dizendo que deveriam tê-lo chamado mais cedo. Quando lhe afirmaram que ela só começara a sofrer na véspera à noite, a princípio não quis acreditar.

– Tudo depende da maneira como vai passar a noite – concluiu ele.

Redigiu sua receita e partiu, prometendo estar lá no dia seguinte, logo que possível. Vielhtcháninov queria a todo custo ficar para passar a noite, mas Klávdia Pietrovna suplicou-lhe que fizesse ainda uma tentativa "para trazer aquela besta".

– Desta vez – disse Vielhtcháninov, com exaltação –, desta vez ele virá, nem que seja preciso amarrá-lo e carregá-lo!

A ideia de amarrá-lo e de carregá-lo como a um embrulho apoderou-se dele, obcecando-o.

– Agora acabou, não me sinto de modo algum culpado perante ele! – disse a Klávdia Pietrovna, despedindo-se dela. – Renego todas as minhas tolices sentimentais e todas as minhas choradeiras de ontem – acrescentou, indignado.

Lisa estava estendida, de olhos fechados, e parecia dormir; aparentava estar melhor. Quando Vielhtcháninov inclinou-se sobre ela, com precaução, para, antes de partir, beijar discretamente alguma parte dela, nem que fosse apenas a orla de seu vestido, ela abriu de repente os olhos, como se o tivesse esperado, e disse-lhe em voz baixa:

– Leve-me daqui!

Era uma súplica doce e triste, sem sombra da irritação exaltada da véspera, mas na qual se sentia como que resignação, como que a certeza de que não seria atendida. Quando Vielhtcháninov, desesperado, se pôs a explicar que era impossível, fechou os olhos e não disse mais nada, como se não o ouvisse nem o visse.

De volta à cidade, fez-se conduzir diretamente a Pokrov. Eram dez horas da noite; Páviel Pávlovitch não estava em casa. Vielhtcháninov esperou-o por meia hora, indo e vindo pelo corredor, em um estado de impaciência dolorosa. Mária Sisóievna acabou por fazer-lhe compreender que Páviel Pávlovitch não voltaria antes do amanhecer do dia seguinte.

– Virei, então, ao nascer do dia.

E foi para casa.

Ficou estupefato quando, ao chegar, soube de Mavra que o estranho da véspera estava lá, à espera, desde as dez horas.

– Bebeu chá em nossa casa e depois mandou procurar vinho, da mesma forma que ontem, dando-me uma cédula de cinco rublos.

CAPÍTULO IX
Visão

PÁVIEL PÁVLOVITCH INSTALARA-SE confortavelmente. Estava sentado na mesma cadeira da véspera, fumava um cigarro e acabava de encher o quarto e último copo da garrafa. O bule de chá e a xícara ainda pela metade estavam ali perto dele, em cima da mesa. Seu rosto cor de púrpura irradiava satisfação. Tirara seu paletó e ficara de colete.

– Você me desculpe, caríssimo amigo – disse ele, percebendo Vielhtcháninov e levantando-se para vestir o paletó. – Tirei-o para estar mais à vontade.

Vielhtcháninov aproximou-se dele com ar ameaçador:

– Está completamente bêbado? Pode-se ainda fazer com que você compreenda?

Páviel Pávlovitch hesitou um instante.

– Meu Deus... nã... não de todo... Prestei as derradeiras homenagens ao defunto e... não, não de todo.

– Está em condições de me compreender?

– Mas foi precisamente para isso que estou aqui, para compreendê-lo...

– Neste caso – prosseguiu Vielhtcháninov, com uma voz estrangulada pela cólera –, neste caso começarei por dizer-lhe que você é um miserável.

– Se você começa por aí, onde, com os diabos, irá acabar? – disse Páviel Pávlovitch, que, manifestamente, estava ficando com medo.

Mas Vielhtcháninov prosseguiu sem ouvi-lo:

– Sua filha está morrendo, está gravemente doente. Você a abandonou –, sim ou não?

– Moribunda?... De verdade?...

– Está doente, muito doente, gravemente doente.

– Ah, uma simples crise, talvez...

– Ora! Não diga besteiras. Está gravemente doente. Você já deveria ter ido lá, nem que fosse para...

– Para agradecer a hospitalidade? Ah! sim! Sei muito bem! Alieksiéi Ivânovitch, meu caro, meu perfeito amigo – gaguejou ele, pegando-lhe a mão com as suas duas, com um enternecimento de bêbado, as lágrimas nos olhos, como se implorasse seu perdão. – Alieksiéi Ivânovitch, não grite, não grite... Que eu morra, que caia agora mesmo no Neva... De que serve nas circunstâncias atuais?... Quanto ao que se refere aos Pogoriéltsevi, sempre haverá tempo...

Vielhtcháninov conteve-se e conseguiu dominar-se.

– Você está bêbado e não compreende o que quer dizer – disse ele duramente. – Estou sempre disposto a explicar-me com você e faço questão disso o mais breve possível... Ia precisamente... Mas, antes de tudo, eis a minha decisão: você vai passar a noite aqui. Amanhã de manhã iremos juntos. Não o largarei – gritou com voz trovejante. – Vou amarrá-lo e carregá-lo até lá com minhas próprias mãos!... Diga-me, esse divã lhe servirá?

Designava um divã largo e fofo, que formava par, contra a parede de frente, com aquele sobre o qual ele próprio dormia.

– Mas como! Não importa...

– Não importa onde, não: aqui neste divã! Tome, aqui estão lençóis, um cobertor, um travesseiro... – Vielhtcháninov tirou tudo isso de um armário e lançou-o vivamente a Páviel Pávlovitch, que estendia os braços, com ar resignado. – Vamos, faça sua cama imediatamente!

Páviel Pávlovitch ali estava, de pé, no meio do quarto, os braços carregados, como que indeciso, com um largo sorriso de bêbado no rosto. A uma segunda injunção de Vielhtcháninov, que trovejava, pôs-se em ação precipitadamente. Afastou a mesa e, resfolegante, desdobrou e arrumou os lençóis. Vielhtcháninov foi ajudá-lo; estava satisfeito com a docilidade e a perturbação de seu hóspede.

– Acabe de esvaziar seu copo e deite-se – ordenou, pois sentia que era preciso comandar. – Foi você quem mandou buscar vinho?

– Ah, sim, fui eu... É que, Alieksiéi Ivânovitch, sabia bem que você não me deixaria mais mandá-lo buscar.

– É bom que saiba, mas há outra coisa ainda que é preciso que você compreenda. Declaro-lhe que minha resolução está tomada: não suportaria mais todas as suas caretas, nem todas as suas carícias de bêbado!

– Ah, mas acredite, Alieksiéi Ivânovitch – disse o outro sorrindo –, compreendo maravilhosamente que tudo isso não era possível senão uma vez.

Diante dessa resposta, Vielhtcháninov, que caminhava pelo quarto, parou bruscamente diante de Páviel Pávlovitch, com ar solene.

– Páviel Pávlovitch, seja franco! Você é inteligente, eu repito, mas está trilhando o caminho errado. Seja franco, aja abertamente, e, dou minha palavra de honra, responderei a todas as suas perguntas.

Páviel Pávlovitch sorriu de novo com seu largo sorriso, que bastava para exasperar Vielhtcháninov.

– Vamos! Nada de segredinhos! Vejo claro até no seu íntimo. Repito-lhe: dou-lhe minha palavra de honra que responderei a tudo e que você receberá de mim todas as satisfações possíveis... quero dizer todas as satisfações, possíveis ou não! Oh, como gostaria que você me compreendesse!

– Pois bem! Já que você se mostra tão bondoso – disse Páviel Pávlovitch, com ar circunspecto –, fiquei extremamente intrigado ontem, quando você usou a palavra "feroz".

Vielhtcháninov cuspiu e pôs-se de novo a caminhar, mais vivamente, pelo quarto.

– Oh, não, Alieksiéi Ivânovitch, não cuspa porque estou curioso para saber isso. Vim de propósito para sabê-lo... Oh, sim, minha língua está um pouco pastosa hoje, mas você será muito indulgente. Li alguma coisa, em uma revista, a propósito dos indivíduos do tipo "feroz" e do tipo "bonachão". Lembrei-me disso esta manhã... somente, não me recordo mais o quê e, na verdade, não compreendi bem... Ora, eis aqui, por exemplo, o que eu quero saber: Stiepan Mikháilovitch Bagaútov era do tipo "feroz" ou do tipo "bonachão"? De qual dos dois?

Vielhtcháninov continuava calado e caminhando. Parou bruscamente e falou com raiva.

– O homem do tipo "feroz" é o homem que teria se apressado em verter veneno no copo de Bagaútov, no momento de beber com ele champanhe em honra da amizade tão felizmente renovada, como você fez há pouco. Mas um homem dessa espécie não teria ido ao cemitério, como você fez não há muito, sabe o diabo por quais motivos secretos, baixos e vis, e teria evitado todas essas suas caretas sujas!

– É bem certo que não teria ido lá – disse Pável Pávlovitch –, mas na verdade você me trata...

– O homem do tipo "feroz" – prosseguiu Vielhtcháninov, com ardor, sem nada ouvir – não é homem para dar-se sabe Deus que ares, para posar de justiceiro severo e escrupuloso, para estudar seu caso, como pedante, para dele tirar assunto para uma lição, para choramingar, caretear, lançar-se ao pescoço dos outros e sentir-se satisfeito com esse emprego de seu tempo! Vamos, diga a verdade: é certo que você quis se enforcar?

– Oh, você sabe, é bem possível, numa hora de embriaguez... não me recordo... Mas, Alieksiéi Ivânovitch, gente como nós não pode, no entanto, tomar veneno! Além do fato de ser eu um funcionário bem destacado, tenho algum dinheiro e é bem possível que pense em tornar a me casar.

– E, depois, corre-se o risco dos trabalhos forçados.

– Perfeitamente! E é muito desagradável, se bem que, atualmente, o júri conceda, de boa vontade, as circunstâncias atenuantes. Olhe, Alieksiéi Ivânovitch, veio-me à memória esta manhã, enquanto estava no carro, uma história muito engraçada que preciso contar-lhe. Você falava ainda há pouco do homem "que se lança ao pescoço dos outros". Lembra-se talvez de Siemion Pietróvitch Livtsov, que chegou a T*** quando você lá esteve? Pois bem, ele tinha um irmão caçula, um bonitão de Petersburgo, como ele, que trabalhava junto ao governador de V*** e era muito apreciado. Aconteceu-lhe um dia brigar com Golubienko, o coronel, em uma reunião; havia ali senhoras e, entre elas, a dama de seu coração. Sentiu-se muito humilhado, mas engoliu a ofensa e não disse nada. Pouco depois, Golubienko tomou-lhe a dama de seu coração e pediu-a em casamento. O que você acha que Livtsov fez? Pois bem, tratou de tornar-se o amigo íntimo de Golubienko; melhor ainda, pediu para ser o cavalheiro de honra; no dia do casamento, desempenhou sua função; depois, quando eles receberam a bênção nupcial, aproximou-se do noivo para felicitá-lo e beijá-lo, e então, diante da nobre sociedade em peso, diante do governador, eis que Livtsov dá uma grande facada no ventre de Golubienko, que tomba no chão! Seu próprio cavalheiro de honra! É bem aborrecido. E isso não é tudo! O que há de bom é que, depois da facada, ele se lança para a direita e para a esquerda: "Ai, o que eu fiz? O que eu fiz?", e soluça, e se agita, e se atira ao pescoço de todo mundo, até mesmo das damas: "O que eu fiz?". Ah! Ah! É de rebentar de rir. Só havia o pobre do Golubienko, que causava pena, mas afinal salvou-se.

– Não entendo por que me conta você essa história – disse Vielhtcháninov secamente, com o cenho franzido.

– Justamente por causa da facada – disse Páviel Pávlovitch, sempre rindo. – Aqui está um fedelho que, por terror, desrespeita todas as conveniências, lança-se ao pescoço das senhoras, na presença do governador... e tudo isso não impede que lhe tenha muito bem aplicado sua facada e feito o que queria fazer! É unicamente por isso que conto essa história.

– Vá para o diabo! – berrou Vielhtcháninov, com uma voz totalmente mudada, como se alguma coisa nele se houvesse partido. – Vá para o diabo com seus subentendidos, seu velhaco! Você quer me causar medo, tratante, covarde... covarde... covarde! – gritou ele, fora de si, resfolegando após cada palavra.

Páviel Pávlovitch, de repente, ficou transfigurado. Sua embriaguez desapareceu; seus lábios tremeram.

– Então, é você, Alieksiéi Ivânovitch, logo "você" que me chama de covarde, a "mim"?

Vielhtcháninov voltava a si.

– Estou pronto para pedir-lhe desculpas – disse ele, após um momento de reflexão que o encheu de terror –, mas com uma condição: que você se decida a agir com franqueza.

– No seu lugar, Alieksiéi Ivânovitch, teria pedido desculpas, sem impor condições.

– Pois bem, que seja! – Houve um momento de silêncio. – Peço-lhe desculpas, mas você mesmo há de convir, Páviel Pávlovitch, que, após tudo isso, posso considerar-me quite com você... não falo somente do caso presente... quero dizer, no que se refere a todo esse assunto.

– Mas que espécie de contas pode haver entre nós? – disse Páviel Pávlovitch, sorrindo, de vista baixa.

– Pois bem, se é assim, tanto melhor, tanto melhor! Vamos, esvazie seu copo e deite-se, porque não quero deixá-lo partir.

– Ah, sim, o vinho... – disse Páviel Pávlovitch, um pouco perturbado.

Aproximou-se da mesa para esvaziar seu copo. Talvez já tivesse bebido muito; porém o caso é que sua mão tremia e ele derramou uma parte do vinho no chão, em sua camisa e no seu colete. Contudo, bebeu até a última gota, como se tivesse pena de deixar alguma; depois pousou o copo em cima da mesa, com cuidado, e foi docilmente para seu leito, a fim de se despir.

– Mas não seria melhor... que eu não ficasse aqui esta noite? – disse ele de repente. Já havia tirado uma de suas botas e a conservava entre as mãos.

– Absolutamente, não! – respondeu Vielhtcháninov, que andava de um lado para outro, sem olhá-lo.

O outro acabou de tirar a roupa e deitou-se. Quinze minutos depois, Vielhtcháninov deitou-se também e apagou a vela.

Começou a adormecer sem tranquilidade. Algo de novo, de mais confuso ainda que todo o resto, algo que ele não havia previsto, oprimia-o agora e, ao mesmo tempo, sentia-se como que envergonhado daquela angústia. Ia adormecer quando um rumor despertou-o. Olhou logo para o leito de Páviel Pávlovitch. O quarto estava escuro (as cortinas estavam cerradas), mas acreditou ver que Páviel Pávlovitch não estava mais deitado: sentara-se no leito.

– O que houve? – perguntou Vielhtcháninov.

– A sombra! – disse Páviel Pávlovitch, depois de um silêncio, com uma voz surda, apenas perceptível.

– Que sombra?

– Lá, no outro quarto, perto da porta, creio ter visto uma sombra.

– A sombra de quem? – perguntou Vielhtcháninov após um silêncio.

– De Natália Vassílievna.

Vielhtcháninov saltou de seu leito, lançou uma olhadela para a antecâmara, depois para a peça vizinha, cuja porta continuava sempre aberta. Não havia cortinas nas janelas e os leves estores faziam entrar um pouco de luz.

– Não há nada naquele quarto. Você está bêbado, deite-se! – disse Vielhtcháninov, que se deitou e enrolou-se em seu cobertor.

Páviel Pávlovitch tornou também a se deitar sem dizer uma palavra.

– Você já viu fantasmas? – perguntou de súbito Vielhtcháninov, dez minutos mais tarde.

– Uma vez só – disse Páviel Pávlovitch, com voz apagada.

Depois o silêncio reinou de novo.

Vielhtcháninov não sabia com certeza se dormiu ou não. Uma hora se passou, quando ele, de repente, estremeceu: era ainda um rumor que o despertava, não sabia de nada, mas pareceu-lhe que havia lá, na noite negra, algo de branco, de pé, a alguma distância dele, no meio do quarto. Ergueu-se no seu leito e olhou por um minuto inteiro.

– É você, Páviel Pávlovitch? – perguntou, com voz fraca.

Aquela voz alterada, no silêncio e nas trevas, causou nele estranha impressão.

Não obteve resposta, mas não havia mais a menor dúvida: havia alguém ali de pé.

– É você, Páviel Pávlovitch? – repetiu mais forte, de modo que Páviel Pávlovitch, se estivesse dormindo tranquilamente em seu leito, teria com certeza despertado em sobressalto e respondido.

Não veio resposta, mas pareceu-lhe que a forma branca, agora quase distinta, movia-se, aproximava-se dele. Algo estranho se passou: ele teve de súbito uma sensação que sentira ainda há pouco, a sensação de algo que se rompia nele, e gritou com todas as suas forças, com uma voz rouca, estrangulada, sufocando-se quase a cada palavra:

– Bêbado grotesco, se você imagina que vai me meter medo, pois bem! Vou me virar para o lado da parede, me enrolarei todo, até mesmo a cabeça, em meu cobertor, e não me mexerei a noite inteira... para lhe mostrar o caso que faço de você... E não importa que você fique aí, de pé, até de manhã, prolongando essa farsa. Cuspo em você!

E cuspiu com raiva na direção do que pensava ele que fosse Páviel Pávlovitch. Depois, voltou-se com um movimento brusco para a parede, enrolou-se no seu cobertor e ficou sem se mover, como morto. Fez-se um silêncio terrível.

Não sabia, não podia saber se o fantasma avançava para ele ou se se mantinha imóvel, e seu coração batia, batia, batia. Cinco minutos se passaram; depois, de repente, ouviu, a dois passos de si, a voz de Páviel Pávlovitch, fraca e queixosa.

– Sou eu, Alieksiéi Ivânovitch, levantei-me para procurar... – e nomeou um objeto indispensável. – Não encontrei um junto de minha cama... Vim ver, muito devagarinho, perto da sua.

– Por que não disse nada... quando eu chamei? – perguntou Vielhtcháninov, com voz estrangulada, após um longo silêncio.

– Tive medo. Você gritou tão alto... tive medo.

– Ali, no canto, à esquerda... na mesinha... Acenda a vela...

– Oh, agora não vale a pena... – disse Páviel Pávlovitch, com voz muito mansa, – vou achar, com certeza... perdoe-me, Alieksiéi Ivânovitch, por ter incomodado... eu me senti, de repente, completamente ébrio.

Vielhtcháninov não respondeu. Ficou deitado, com o rosto voltado para a parede, o resto da noite, sem se mexer. Queria manter seu compromisso e provar-lhe que o desprezava? Nem ele mesmo sabia o que se passava consigo; o abalo fora tão violento que ficara como que perdido, e passou-se muito tempo antes que pudesse dormir. Quando despertou, no dia seguinte, às dez horas, teve um sobressalto, e encontrou-se sentado em seu leito, como movido por uma mola... Mas Páviel Pávlovitch não estava mais no quarto! O leito estava vazio, em desordem; ele fugira ao romper do dia.

– Eu bem sabia! – disse Vielhtcháninov, batendo na testa.

CAPÍTULO X

NO CEMITÉRIO

O MÉDICO PREVIRA com razão: o estado de Lisa piorou mais do que Vielhtcháninov e Klávdia Pietrovna haviam imaginado na véspera. Quando Vielhtcháninov chegou de manhã, a doente ainda se encontrava consciente, embora ardesse em febre; ele jurou mais tarde que ela lhe havia sorrido e que lhe havia até estendido a mãozinha. Era verdade ou não passava de uma ilusão consoladora que dava a si mesmo? Não era mais tempo de verificá-lo. Ao cair da noite, ela perdeu os sentidos e assim ficou até o fim. No décimo dia após sua chegada à casa dos Pogoriéltsevi, Lisa morreu.

Os dias que precederam a morte foram terríveis para Vielhtcháninov. Os Pogoriéltsevi temeram por ele. Passou com eles a maior parte daquele período de angústia. Durante os derradeiros dias, ficou horas inteiras sozinho, não importava onde, em um canto, sem pensar em nada; Klávdia Pietrovna vinha por vezes distraí-lo, mas ele mal respondia e dava a entender que aquelas conversas eram penosas. Não teria ela podido acreditar que ele sofresse tanto. Somente as crianças conseguiam distraí-lo; até mesmo ria com elas às vezes; a todo instante, levantava-se e ia na ponta dos pés ver a doente. Pareceu-lhe várias vezes que ela o reconhecia. Não tinha esperança alguma de vê-la curada, assim como ninguém mais; não podia, porém, afastar-se do quarto em que ela morria e mantinha-se habitualmente na peça vizinha.

Duas vezes, no curso daquele período, foi tomado por uma necessidade extrema de agir. Partiu, correu a Petersburgo, foi ver os médicos mais reputados e reuniu-os em consultas: a última realizou-se na véspera da morte. Três dias antes, Klávdia Pietrovna dissera-lhe que era indispensável encontrar, custasse o que custasse, o sr. Trusótski: "Em caso de morte, seria mesmo impossível enterrá-la sem a presença de seu pai". Vielhtcháninov respondera, com ar distraído, que lhe escreveria. O velho Pogoriéltsev declarara então que o faria procurar pela polícia. Vielhtcháninov acabara escrevendo uma carta bastante lacônica e levando-a em pessoa ao hotel. Páviel Pávlovitch estava ausente, como de hábito, e ele teve de confiar a carta a Mária Sisóievna.

Lisa morreu por fim em uma admirável noite de verão, enquanto o sol se punha. Foi como se Vielhtcháninov saísse de um sonho. Quando a levaram, quando a vestiram com um vestidinho cor-de-rosa, o vestido de festa de uma das meninas da casa, quando a deitaram, de mãos juntas, sobre a mesa do salão, coberta de flores, ele se aproximou de Klávdia Pietrovna e, de olhos cintilantes, declarou-lhe que ia procurar "o assassino" e que o traria imediatamente. Não quis ouvir nenhum conselho, recusou-se a adiar a viagem para o outro dia e partiu para a cidade.

Sabia onde encontrar Páviel Pávlovitch. Quando, durante aqueles derradeiros dias, fora a Petersburgo, não o fizera apenas para ver os médicos. Parecera-lhe, por vezes, que, se pudesse levar a Lisa seu pai, ela voltaria à vida ouvindo-lhe a voz; e depois, desencorajado, renunciara a procurá-lo. Páviel Pávlovitch ainda morava no mesmo lugar, mas não se podia pensar em encontrá-lo em casa.

– Passa às vezes três dias sem dormir aqui, sem mesmo voltar para cá – contava Mária Sisóievna. – Quando por acaso volta, totalmente bêbado, fica uma hora e torna a partir; nem mais a decência conserva.

O garçom do hotel informou a Vielhtcháninov que, havia muito tempo, Páviel Pávlovitch procurava raparigas que moravam na Avenida Vosniessiénski. Vielhtcháninov não teve dificuldade em encontrar tais raparigas. Depois de presenteá-las e pagá-las, lembraram-se bem depressa de seu cliente – o chapéu com o crepe chamara-lhes a atenção – e se queixaram muito de não mais o verem. Uma delas, Kátia, declarou "que era muito fácil encontrar Páviel Pávlovitch", uma vez que ele não largava mais Machka Prokhvóstova.* Kátia não pensava poder encontrá-lo imediatamente, mas comprometeu-se que o faria no dia seguinte, e Vielhtcháninov teve de submeter-se a contar com a ajuda dela.

---

* Literalmente: vigarista. Valendo-se da semelhança com o sobrenome da personagem, Prostakova, dão-lhe esta alcunha que melhor combina com sua condição moral. (N.T.)

Voltou no dia seguinte, às dez horas; foi buscar Kátia e pôs-se à procura com ela. Não sabia ainda o que faria com Páviel Pávlovitch, se o mataria no mesmo instante ou se se contentaria em anunciar-lhe a morte de sua filha e explicar-lhe que sua presença no enterro era indispensável. As primeiras buscas não deram resultado: souberam que Machka Prostakova* brigara com Páviel Pávlovitch havia três dias e que um empregado de banco havia aberto a cabeça de Páviel Pávlovitch com um tamborete. Por fim, às duas horas da manhã, Vielhtcháninov, no momento em que saía de um cabaré que lhe haviam indicado, deu de cara com ele.

Páviel Pávlovitch estava completamente embriagado; duas mulheres o arrastavam para o cabaré; uma delas sustentava-o pelo braço; um rapaz as seguia de perto, gritando em altos berros e fazendo ameaças furiosas a Páviel Pávlovitch. Gritava, entre outras coisas, "que ele o havia explorado e envenenado sua vida..." Tratava-se visivelmente de dinheiro. As mulheres estavam com um medo terrível e apressavam-se o mais que podiam. Quando avistou Vielhtcháninov, Páviel Pávlovitch correu para ele de mãos estendidas e gritou, como se o estivessem estrangulando:

— Irmãozinho, socorra-me!

O rapaz que os seguia, assim que viu o vulto temível de Vielhtcháninov, desapareceu em um piscar de olhos. Páviel Pávlovitch, orgulhoso com sua vitória, mostrava-lhe o punho, lançava gritos de triunfo; porém, Vielhtcháninov agarrou-o violentamente pelos ombros e, sem saber ele próprio por quê, pôs-se a sacudi-lo com toda a força de seus braços de tal maneira que os dentes de Páviel Pávlovitch matraqueavam. Páviel Pávlovitch parou logo de gritar e olhou-o com uma estupefação imbecil de bêbado. Não sabendo o que fazer, Vielhtcháninov forçou-o e obrigou-o a sentar-se num marco de esquina.

— Lisa morreu! — disse-lhe.

---

* Literalmente: simplória. (N.T.)

Páviel Pávlovitch continuava a olhá-lo, sentado naquele marco, mantido em equilíbrio por uma das mulheres. Acabou por compreender, e seus traços modificaram-se, assumindo um aspecto de tristeza.

– Ela morreu... – murmurou ele, com ar estranho.

Se simplesmente mostrou seu largo e ignóbil sorriso de bêbado ou se passou por seus olhos algo de velhaco e de mau, Vielhtcháninov não soube definir.

Um instante depois, Páviel Pávlovitch levantou com esforço sua mão direita, para fazer um sinal da cruz, mas a cruz ficou inacabada e a mão trêmula tornou a cair. Um pouco depois ainda, levantou-se penosamente do marco, agarrando-se à mulher, apoiou-se nela, e pôs-se de novo a caminhar, como se não se tratasse de nada, sem mais se ocupar com Vielhtcháninov. Este agarrou-o de novo pelos ombros.

– Compreende afinal, seu bêbado estúpido, que não se pode enterrá-la sem você? – gritou-lhe, sufocando de cólera.

O outro voltou a cabeça para ele.

– O subtenente de artilharia... você sabe? – gaguejou ele, com a língua pesada.

– Quem? – exclamou Vielhtcháninov, totalmente trêmulo.

– É ele, o pai! Procure-o... para o enterro.

– Mente! – berrou Vielhtcháninov, numa raiva louca. – Canalha!... Eu bem sabia que acabaria por impingir-me isto!

Fora de si, ergueu o punho sobre a cabeça de Páviel Pávlovitch. Ainda um instante e talvez o tivesse matado com um golpe; as mulheres lançaram gritos agudos e afastaram-se, mas Páviel Pávlovitch não se moveu; todo o seu rosto se contraiu em uma expressão de maldade selvagem e baixa.

– Sabe – disse ele, com uma voz firme, como se a embriaguez o tivesse deixado –, sabe o que dizemos em russo? – Pronunciou uma palavra que não se pode escrever. – Eis o que lhe digo!... E agora, dê o fora, e depressa!

Desvencilhou-se das mãos de Vielhtcháninov tão violentamente que quase caiu. As mulheres sustentaram-no e levaram-no depressa, quase arrastando-o. Vielhtcháninov não os seguiu.

No dia seguinte, à uma hora, chegou à casa dos Pogoriéltsevi um funcionário muito decente, de idade madura, em uniforme. Entregou muito polidamente a Klávdia Pietrovna um embrulho a ela endereçado, da parte de Páviel Pávlovitch Trusótski. O embrulho continha uma carta, trezentos rublos e os papéis necessários referentes a Lisa.

A carta era curta, muito reverente, perfeitamente correta... Exprimia toda a sua gratidão a sua excelência Klávdia Pietrovna pela bondade e pelo interesse que testemunhara para com a órfãzinha e acrescentava que somente Deus poderia pagar-lhe. Explicava vagamente que uma indisposição bastante grave não lhe permitia ir em pessoa assistir às exéquias de sua querida e desditosa filha e para tudo isso contava, em toda a confiança, com a bondade angélica de sua excelência. Os trezentos rublos, acrescentava ele, representavam as despesas com o enterro e as demais ocasionadas pela doença. Se a soma fosse demasiado grande, rogava-lhe, mui respeitosamente, mandar celebrar, com o excedente, missas pelo repouso da alma de Lisa.

O funcionário que trouxe a carta nada pôde acrescentar; era claro, apenas, segundo as palavras que pronunciou, que Páviel Pávlovitch tivera de insistir muito para dar a ele o desencargo daquela missão. Pogoriéltsev ficou exasperado com a expressão "e as demais ocasionadas pela doença". Avaliou os gastos com o enterro em cinquenta rublos – não se podia impedir que um pai custeasse as exéquias de sua filha – e quis devolver imediatamente ao senhor Trusótski os 250 restantes. Finalmente, Klávdia Pietrovna decidiu que não devolveriam, mas que fariam chegar às mãos dele um recibo da igreja atestando que os 250 rublos tinham sido consagrados a missas pelo repouso da alma da criança. Mais tarde, esse recibo foi entregue a

Vielhtcháninov, que o remeteu pelo correio a Páviel Pávlovitch.

Após o enterro, Vielhtcháninov desapareceu. Durante duas semanas inteiras, vagou pela cidade à toa, sozinho, absorvido a ponto de dar encontrões nos passantes. Por vezes, ficava o dia inteiro estendido em seu divã, esquecendo tudo, até as coisas mais elementares. Os Pogoriéltsevi, por várias ocasiões, convidaram-no com insistência; prometia ir e depois não pensava mais nisso. Klávdia Pietrovna procurou-o um dia pessoalmente, mas não o encontrou em casa. Seu advogado conseguiu encontrá-lo: um arranjo fácil apresentava-se por fim; a parte adversa consentia em um acordo; bastava renunciar a uma parcela completamente insignificante da propriedade. Só faltava o consentimento de Vielhtcháninov. O advogado ficou estupefato por encontrar uma indiferença e uma displicência completas no cliente tão meticuloso e agitado de outrora.

Eram os dias mais quentes de julho, mas Vielhtcháninov esquecia-se até mesmo do tempo. Sofria sem cessar uma dor aguda como a de um abscesso maduro; a cada instante, vinham-lhe pensamentos que o torturavam. Sua grande dor era que Lisa não tivesse tido tempo de conhecê-lo, tivesse morrido sem saber quanto era ardente sua ternura. O fim único de sua vida, aquele fim que ele havia entrevisto em uma hora de alegria, desaparecera para sempre em uma eterna noite. Aquele fim que sonhara e no qual agora pensava a cada minuto, era que todos os dias, a todas as horas de sua vida inteira, Lisa sentisse a ternura que ele nutria por ela. "Não", pensava às vezes, numa exaltação desesperada, "não, não há no mundo fim mais elevado para a existência! Se outros há, não há nenhum mais sagrado! Com a ajuda de meu amor por Lisa, eu teria purificado e resgatado todo o meu passado absurdo e inútil; teria afugentado de mim o homem vicioso e gasto que fui; teria educado para a vida uma criaturinha encantadora e, em nome dessa criaturinha, tudo me teria sido perdoado, eu mesmo teria me perdoado tudo...".

Esses pensamentos vinham-lhe sempre ao espírito acompanhados da visão clara muito próxima, dolorosa, da criança morta. Revia o pobre corpinho todo branco, revia-lhe o semblante. Revia-a no caixão, entre as flores, revia-a sem sentidos, ardendo em febre, os olhos fixos, escancarados. Lembrava-se da emoção intensa que tivera quando a vira estendida sobre a mesa e notara que um de seus dedos tornara-se quase negro. A visão daquele pobre dedinho dera-lhe uma vontade violenta de tornar a encontrar Páviel Pávlovitch no mesmo instante e matá-lo sem demora. Fora de seu orgulho humilhado que morrera aquele coraçãozinho de criança, ou então os três meses de sofrimentos que seu pai lhe infligira, o amor transformado subitamente em ódio, as palavras de desprezo, o desdém por suas lágrimas e, finalmente, seu abandono em mãos estranhas. Tudo isso lhe voltava ao espírito, sem cessar, sob mil formas diversas... "Você sabe o que Lisa foi para mim?" Lembrou-se desse grito de Trusótski e sentiu que não fora um fingimento, que o dilaceramento dele era sincero, era ternura. "Como aquele monstro pudera ter sido tão cruel para com a criança a quem adorava? Seria terrível?" Mas sempre afastava essa questão e a evitava; ela continha um elemento de incerteza terrível, algo de intolerável e de insolúvel.

Um dia, sem que ele mesmo soubesse como, chegou ao cemitério onde Lisa estava enterrada. Ali não fora desde o enterro. Parecia-lhe que a dor seria demasiado forte e não ousava. No entanto, quando se inclinou sobre a pedra que a cobria e beijou-a, sentiu o coração menos oprimido. Era uma tarde cheia de claridade; o sol descia no horizonte; em volta do túmulo brotava uma relva densa e verde; ali perto, uma abelha zumbia, voando de uma roseira silvestre a outra; as flores e as coroas que os filhos de Klávdia Pietrovna haviam deixado sobre o túmulo ainda estavam ali, semidesfolhadas. Pela primeira vez, desde muito tempo, uma espécie de esperança iluminou-lhe o coração. "Que alívio!", pensou, sentindo-se invadido pela paz do cemitério, e contemplou o céu claro e tranquilo. Sentiu afluir-lhe uma espécie de alegria pura e forte que lhe encheu a alma. "É Lisa quem me envia esta paz, é Lisa quem me fala", pensou ele.

Era já noite fechada quando deixou o cemitério para voltar. Bem perto do portão do cemitério, à beira da estrada, viu uma casinha de madeira, uma espécie de botequim; as janelas estavam escancaradas; havia pessoas lá, em redor das mesas, bebendo. De repente, pareceu-lhe que uma dentre elas, que olhava pela janela, era Páviel Pávlovitch, que o havia percebido e o contemplava com curiosidade. Continuou seu caminho. Em breve, percebeu que procuravam alcançá-lo: era, de fato, Páviel Pávlovitch. Sem dúvida, o ar calmo de Vielhtcháninov o havia encorajado. Abordou-o, com ar receoso, sorriu, porém não mais com aquele seu sorriso de outrora, seu sorriso de bêbado: não estava embriagado.

– Boa noite – disse.

– Boa noite – respondeu Vielhtcháninov.

CAPÍTULO XI

PÁVIEL PÁVLOVITCH QUER SE CASAR

AO MESMO TEMPO em que respondia ao "boa-noite", Vielhtcháninov ficou surpreendido com o que estava sentindo. Parecia-lhe estranho ver agora aquele homem sem a menor cólera e experimentar a seu respeito algo de novo, como uma veleidade de outros sentimentos.

– Que bela noite! – disse Páviel Pávlovitch, olhando-o bem no fundo dos olhos.

– Você ainda não partiu? – disse por sua vez Vielhtcháninov, em um tom mais de reflexão que de pergunta. E continuou a andar.

– Demorou, mas obtive afinal uma colocação com um aumento. Partirei, com certeza, depois de amanhã.

– Obteve uma colocação? – perguntou Vielhtcháninov e, dessa vez, era realmente uma pergunta.

– Mas por que não? – respondeu Páviel Pávlovitch, com uma careta.

– Meu Deus, dizia eu isto assim no ar... – desculpou-se ele, franzindo a testa. E lançou uma olhadela oblíqua para Páviel Pávlovitch.

Ficou vivamente surpreso ao notar que a roupa, o chapéu com crepe e toda a aparência exterior do sr. Trusótski estavam incomparavelmente mais convenientes do que duas semanas antes. "Mas por que diabos ele estava naquele botequim?", pensou.

– É preciso ainda, Alieksiéi Ivânovitch, que eu lhe comunique outra grande alegria – continuou Páviel Pávlovitch.

– Uma alegria?

– Vou me casar.

– Como?

– Após a tristeza, a alegria... assim vai a vida! Queria muito, Alieksiéi Ivânovitch... Mas receio... você está apressado, tem o ar de...

– Sim, sim, estou com pressa e além disso... não me sinto muito bem.

Veio-lhe bruscamente um desejo violento de se livrar do outro: todas as suas disposições mais simpáticas de repente se esvaneciam.

– Ah, sim! Queria muito...

Páviel Pávlovitch não disse o que queria. Vielhtcháninov calava-se.

– Mas, nesse caso, será para outra vez, quando tiver a boa sorte de encontrá-lo...

– Sim, sim, outra vez – disse depressa Vielhtcháninov, sem olhá-lo e sem se deter.

Calaram-se um minuto. Páviel Pávlovitch continuava a caminhar a seu lado.

– Pois bem, então, adeus – disse por fim.

– Adeus. Espero...

Vielhtcháninov voltou para casa novamente transtornado. O contato com "aquele homem" fora-lhe decididamente insuportável. Era mais forte do que ele. Ao deitar-se, ainda se perguntava: "Que fazia ele perto do cemitério?".

No dia seguinte, de manhã, resolveu afinal ir ver os Pogoriéltsevi. Decidiu-se a isso sem prazer; toda simpatia agora lhe era pesada, inclusive a deles. Mas estavam tão inquietos por sua causa que era absolutamente necessário ir lá. Teve de súbito a ideia de que experimentaria grande embaraço ao revê-los. "Irei ou não irei?", pensava, acabando rapidamente de almoçar quando, para grande espanto seu, Páviel Pávlovitch entrou.

Apesar do encontro da véspera, não esperava que aquele homem se apresentasse em sua casa e ficou tão desconcertado que o olhou sem encontrar uma palavra para lhe dizer. Mas Páviel Pávlovitch não se mostrou absolutamente embaraçado; cumprimentou-o e sentou-se naquela mesma cadeira na qual se sentara em sua última visita, havia três semanas. A lembrança daquela visita logo voltou ao espírito de Vielhtcháninov: olhou seu visitante com inquietação e repulsa.

– Está admirado? – começou Páviel Pávlovitch, que notou o olhar de Vielhtcháninov.

Sua atitude era mais desembaraçada do que na véspera e, ao mesmo tempo, era evidente que estava mais intimidado. Seu aspecto exterior era especialmente curioso. Vestia-se com extremo apuro: paletó de verão, calças claras, apertadas embaixo, colete claro; luvas, lornhão de ouro, camisa imaculada; até mesmo exalava perfume. Em toda a sua figura havia algo de ridículo e, ao mesmo tempo, de estranho e desagradável.

– Sem dúvida, Alieksiéi Ivânovitch – prosseguiu ele inclinando-se –, minha vinda o surpreende e dou-me conta disso. Mas há pessoas entre as quais estimo que persista sempre alguma coisa... não concorda? Alguma coisa de superior a todas as eventualidades e a todas as desavenças que porventura possam ocorrer... não acha?

— Páviel Pávlovitch, peço que me diga depressa e sem rodeios o que tem a me dizer — disse Vielhtcháninov, franzindo o cenho.

— Ei-lo em três palavras: eu me caso; vou agora mesmo à casa de minha noiva no campo. Gostaria que você me concedesse a enorme honra de permitir-me apresentá-lo naquela casa e vim rogar-lhe, suplicar-lhe — e inclinou a cabeça — humildemente que me acompanhe...

— Acompanhá-lo onde? — disse Vielhtcháninov, com os olhos escancarados.

— À casa deles no campo. Desculpe-me, expresso-me mal, com uma precipitação febril, canhestramente, mas tenho tanto medo que você se recuse a me atender!

E olhava para Vielhtcháninov com um olhar lastimoso.

— Quer que o acompanhe imediatamente à casa de sua noiva? — perguntou Vielhtcháninov, estupefato, não querendo crer em seus ouvidos e em seus olhos.

— Sim — disse Páviel Pávlovitch, com receio. — Por favor, Alieksiéi Ivânovitch, não se enerve; não veja nisso audácia, mas simplesmente uma prece, ainda que humilde. Pensei que você talvez não opusesse uma recusa...

— Em primeiro lugar, é totalmente impossível — respondeu Vielhtcháninov, agitado.

— Contudo, é meu desejo mais vivo — continuou o outro em tom suplicante — e não ocultarei o motivo. Não queria contar senão mais tarde, mas peço muito humildemente...

E levantou-se, cheio de respeito.

— Mas de qualquer maneira é impossível, confesse-o!...

Vielhtcháninov havia se levantado por sua vez.

— Mas sim, Alieksiéi Ivânovitch, é perfeitamente possível. Queria apresentá-lo como um amigo. Além disso, já o conhecem lá. Trata-se do conselheiro de Estado, sr. Zakhliébinin.

— Como? — perguntou Vielhtcháninov, com surpresa.

Era o conselheiro de Estado que ele havia inutilmente procurado encontrar dois meses antes e que representava em seu processo a parte adversa.

– Mas sim, mas sim! – disse Páviel Pávlovitch, sorrindo, como se a viva surpresa de Vielhtcháninov desse-lhe coragem. – Sim, é ele mesmo, você se lembra bem, aquele com quem você conversava quando eu o olhei e parei. Esperava, para abordá-lo, que você acabasse de falar-lhe. Fomos colegas há doze anos e, quando quis abordá-lo, depois de você, não tinha ainda nenhuma ideia... A ideia veio-me de repente, há oito dias.

– Mas trata-se de gente muito séria – disse Vielhtcháninov com um espanto ingênuo.

– Sem dúvida, e então? – disse Páviel Pávlovitch, fazendo uma careta.

– Ah, nada! Não é absolutamente que... é que somente acreditava não ter sido notado quando estive na casa deles...

– Eles se recordam muito bem que você foi à casa deles – interrompeu Páviel Pávlovitch com uma solicitude jovial. – Mas você não viu a família. O pai se lembra de você e o tem em grande conta. Falei de você nos termos mais calorosos.

– Mas como acontece que, viúvo há apenas três meses...

– Ora, o casamento não se realizará imediatamente; somente dentro de nove ou dez meses, e então meu luto estará terminado. Fique certo de que tudo correrá muito bem. Em primeiro lugar, Fiedossiéi Pietróvitch me conhece desde a infância, conheceu minha mulher, sabe como vivi, conhece toda a minha carreira; também tenho alguma fortuna, e eis que obtenho uma colocação com aumento. Tudo vai bem.

– E é sua filha...

– Vou lhe contar tudo isso pormenorizadamente – disse Páviel Pávlovitch, com o tom mais amável. – Deixe-me acender um cigarro. E você mesmo verá hoje. Você sabe, aqui, em Petersburgo, acontece muitas vezes que se avalia a fortuna dos funcionários como Fiedossiéi Pietróvitch segundo a importância de suas funções. Pois bem! Além de seus vencimentos e do resto – abonos de toda espécie, gratificações, custeio de alojamento e alimentação, presentes –, ele não tem o menor capital. Vivem muito à larga, não sendo possível economizar com uma família tão numerosa. Imagine: oito filhas e um filho ainda menino. Se morresse, não lhes restaria senão uma miserável pensão. E oito filhas! Imagine! Quando é preciso apenas um par de botinas para cada uma, imagine o que isto significa! Cinco estão prontas para casar: a mais velha tem 24 anos (uma moça encantadora, você verá); a sexta tem quinze anos e está ainda no ginásio. Eis, pois, cinco filhas para as quais é preciso arranjar maridos, e logo. O pai precisa levá-las à sociedade e imagine quanto sai isto! Eis que de repente me apresentei como pretendente; ele me conhecia há muito tempo e sabia o estado de minha fortuna... E pronto!

Páviel Pávlovitch havia contado tudo isso com uma espécie de embriaguez.

– Foi a mais velha que você pediu?

– Não... a mais velha, não. Pedi a sexta, a que ainda está no ginásio.

– Como? – exclamou Vielhtcháninov, com um sorriso involuntário. – Mas você acaba de dizer que ela tem quinze anos!

– Quinze anos agora, mas dentro de dez meses terá dezesseis, dezesseis e três meses, e então... Como não seria conveniente, ela não sabe de nada e está tudo arranjado apenas com os pais... Não acha que tudo isso está muito bem?

– Então, não há nada de decidido?

– Decidido? Sim! Está tudo decidido! Não está bem?

– E ela não sabe de nada?

– Por conveniência, não se lhe fala disso, mas ela deve suspeitar – disse Páviel Pávlovitch, com um amável piscar de olhos. – Pois bem: você me fará este favor, Alieksiéi Ivânovitch? – concluiu ele muito humildemente.

– Mas o que você quer que eu vá fazer lá? Além disso – acrescentou depressa –, como de toda maneira não irei, é inútil procurar razões que possam levar-me a decidir.

– Alieksiéi Ivânovitch... sente-se aqui perto. Reflita!

Após um momento distraído pela tagarelice de Páviel Pávlovitch, sentia voltar sua antipatia e sua aversão. Ainda um pouco o teria posto porta afora. Estava descontente consigo mesmo.

– Vejamos, peço-lhe, Alieksiéi Ivânovitch, sente-se aqui perto de mim e não se agite – suplicou Páviel Pávlovitch, com voz choramingante. – Não, não! – acrescentou, respondendo a um gesto resoluto de Vielhtcháninov. – Não, Aliekséi Ivânovitch, não recuse assim, definitivamente! Vejo que você deve ter me compreendido mal. Sei muito bem que não podemos ser camaradas. Não sou tão imbecil para não sentir isso. O serviço que lhe peço não o compromete absolutamente para o futuro. Partirei depois de amanhã para sempre: será como se nada tivesse acontecido. Será um fato isolado, sem dia seguinte. Vim a você confiando na nobreza de sentimentos que talvez os últimos acontecimentos tenham despertado em seu coração... Vê com que sinceridade lhe falo? Recusará ainda?

Páviel Pávlovitch estava bastante agitado. Vielhtcháninov olhava-o com estupefação.

– Você me pede um serviço de tal natureza e insiste de maneira tão premente que me causa necessariamente desconfiança. Quero saber mais.

– O único serviço que lhe peço é que me acompanhe. De volta, contarei tudo, como a um confessor. Aliekséi Ivânovitch, confie em mim!

Mas Vielhtcháninov teimava em se recusar. Recusava-se com maior obstinação quanto mais sentia crescer dentro de si um pensamento penoso, maligno. Germinara subitamente nele, desde que Páviel Pávlovitch começara a falar-lhe de sua noiva: era simples curiosidade ou algum outro impulso ainda obscuro? O certo era que sentia como que uma tentação de consentir. Quanto mais a tentação crescia, mais se obstinava em resistir-lhe. Mantinha-se sentado, com o rosto entre as mãos, a meditar, e Páviel Pávlovitch insistia, suplicava-lhe, importunava-o com lisonjas.

– Está bem, eu vou! – disse Vielhtcháninov, levantando-se com uma agitação quase ansiosa.

Páviel Pávlovitch transbordou de alegria.

– Depressa, Alieksiéi Ivânovitch, vista-se!

E girava em torno dele, exultante.

"E por que, afinal, ele faz tanta questão? Homem engraçado!", pensava Vielhtcháninov.

– Além disso, Alieksiéi Ivânovitch, é preciso que você me preste ainda outro serviço. Consinta em dar-me um bom conselho.

– A propósito de quê?

– É uma grave questão: o meu crepe. O que é mais conveniente, tirá-lo ou conservá-lo?

– Como quiser.

– Não, é preciso que você decida. O que você faria no meu lugar? Minha opinião era a de que, conservando-o, dava prova de constância em minhas afeições e isso me conviria bem.

– É preciso evidentemente tirá-lo.

– É tão evidente assim? – Páviel Pávlovitch ficou um momento pensativo. – Pois bem! Não, prefiro conservá-lo.

– Como quiser!

"Então, ele não tem confiança em mim; melhor assim", pensou Vielhtcháninov.

Saíram. Páviel Pávlovitch olhava com satisfação para Vielhtcháninov, que tinha bom aspecto; sentia-se cheio de consideração e respeito. Vielhtcháninov não compreendia em nada o seu companheiro, menos ainda a si mesmo. Um carro elegante esperava-os à porta.

– Você alugou um carro de antemão? Estava certo de que eu iria com você?

– Ah! Tratara o carro para mim mesmo, mas estava certo de que você consentiria – respondeu Páviel Pávlovitch, no tom de um homem inteiramente satisfeito.

– Diga, então, Páviel Pávlovitch – perguntou Vielhtcháninov um pouco nervoso ao se pôr em marcha –, você não está um tanto certo demais a meu respeito?

– Ora, Alieksiéi Ivânovitch, não será você que concluirá que sou um tolo – respondeu Páviel Pávlovitch gravemente, com uma voz forte.

"É Lisa!", pensou Vielhtcháninov. E logo repeliu esse pensamento, como um sacrilégio. Pareceu-lhe, de repente, que se portava de uma maneira mesquinha e miserável: pareceu-lhe que o pensamento que o havia tentado era tão desprezível, tão baixo... E teve um violento desejo de abandonar tudo, de saltar para fora do carro, ainda que tivesse de livrar-se de Páviel Pávlovitch à força. Mas este continuou a falar, e de novo a tentação apoderou-se de seu coração.

– Alieksiéi Ivânovitch, você entende alguma coisa sobre joias?

– Que joias?

– Diamantes.

– Sim.

– Gostaria de levar um presente. Aconselhe-me: devo ou não?

– Na minha opinião, não é necessário.

– É que eu gostaria tanto! Mas não sei o que comprar. Será preciso comprar o conjunto todo, broche, brincos e pulseira, ou somente um pequeno objeto?

– Quanto quer você gastar?

– Quatrocentos ou quinhentos rublos.

– Diabos!

– Acha que é muito? – perguntou com inquietação Páviel Pávlovitch.

– Leve então uma pulseira de cem rublos.

Isso não satisfazia Páviel Pávlovitch. Queria pagar mais caro e comprar um conjunto completo. Manteve-se firme. Pararam diante de uma loja. Acabaram por comprar uma simples pulseira, não aquela que mais agradava a Páviel Pávlovitch, mas a que Vielhtcháninov escolheu. Páviel Pávlovitch ficou muito descontente quando o comerciante, que havia pedido 175 rublos, deixou-lhe por 150. Teria de bom grado dado duzentos, se lhes tivessem pedido, tanto desejava pagar caro.

– Não há nenhum inconveniente em que eu dê presentes desde agora – disse ele, solícito, quando retomaram o caminho. – Não é gente do grande mundo, é gente muito simples... A idade inocente gosta dos presentes – acrescentou ele com um sorriso malicioso e alegre. – Ainda há pouco, você teve uma surpresa, Alieksiéi Ivânovitch, sou pela inocência. O importante para mim é isso; é justamente isso o que me dá tratos à cabeça: essa menina que vai ao ginásio, de pasta debaixo do braço, com seus cadernos e suas penas, ah! ah! ah! Foi isso que me conquistou. Eu, veja você, Alieksiéi Ivânovitch, sou pela inocência. O importante para mim é menos a beleza do rosto do que isso. Mocinhas que riem às gargalhadas, num canto, e por quê? Meu Deus! Porque o gatinho saltou da cômoda sobre a cama e rolou como uma bola... A infância cheira a maçã fresca!... Mas, diga-me, é preciso tirar o crepe?

– Como quiser.

– Palavra, vou tirá-lo!

Pegou o chapéu, arrancou o crepe e atirou-o na rua. Vielhtcháninov viu em seus olhos como que um claro raio de esperança no momento em que tornou a pôr o chapéu em sua cabeça calva.

"Mas, afinal", pensou ele com mau humor, "que há de sincero nisso tudo? O que significa, no fundo, a insistência em levar-me? Tem verdadeiramente a confiança que diz ter na generosidade de meus sentimentos?" E essa hipótese causava-lhe quase o efeito de uma ofensa. "Afinal de contas, é um farsante, um imbecil ou um 'eterno marido'? Em todos os casos, é intolerável!"

CAPÍTULO XII
NA CASA DOS ZAKHLIÉBININI

Os ZAKHLIÉBININI ERAM, de fato, "gente de bem", como dissera ainda há pouco Vielhtcháninov, e Zakhliébinin era um funcionário sério e respeitável. O que Páviel Pávlovitch contara de seus recursos era igualmente exato: "Vivem à larga; porém, se o pai viesse a morrer, não lhes restaria nada".

O velho Zakhliébinin recebeu Vielhtcháninov com perfeita cordialidade; o "adversário" de outrora logo se tornou excelente amigo.

– Todas as minhas felicitações pelo êxito de seu processo – disse ele já nas primeiras palavras, com o ar mais afável. – Fui sempre por uma solução amigável, e Piotr Kárlovitch – o advogado de Vielhtcháninov – é, desse ponto de vista, um homem precioso. Ele lhe fará chegar às mãos sessenta mil rublos, sem barulho, sem adiamentos, sem aborrecimentos. E o negócio poderia arrastar-se ainda por uns três anos.

Vielhtcháninov foi logo apresentado à sra. Zakhliébinina: era uma mulher madura e gorda, de traços vulgares e fatigados. Depois foi a vez das moças, uma a uma, ou duas a duas. Havia uma turma inteira; Vielhtcháninov contou dez ou doze, depois desistiu. Umas entravam, outras saíam, vizinhas tinham-se juntado às moças da casa. A casa dos Zakhliébinini era um grande edifício de madeira, de um gosto medíocre e estranho, feito de anexos de prédios de diversas épocas. Estava cercada por um grande jardim, para o qual davam três ou quatro outras vilas: o jardim era comum, e as moças viviam em vizinhança, em boa amizade.

Vielhtcháninov compreendeu, desde as primeiras palavras, que era esperado e que sua chegada, na qualidade de amigo de Páviel Pávlovitch desejoso de ser apresentado, era um acontecimento. Seu olhar, perito nessa espécie de negócios, percebeu logo em tudo aquilo uma intenção particular: a acolhida excessivamente cordial dos pais, certo ar das moças e o modo apurado com que trajavam (é verdade que era dia de festa) deram-lhe imediatamente a ideia de que Páviel Pávlovitch havia-lhe pregado alguma peça e que havia feito ali, a seu respeito, insinuações que podiam muito bem ter o ar de tentativas, anunciando-o como um homem "da melhor sociedade", um solteirão rico, cansado do celibato e talvez bastante disposto a pôr-lhe fim de um momento para outro e estabelecer-se, "sobretudo agora que acabava de receber aquela herança". Parecia que houvesse algo disso no que se referia à mais velha das moças, Katierina Fiedossiéievna, a que tinha 24 anos e da qual Páviel Pávlovitch falava como sendo uma pessoa encantadora. Distinguia-se de suas irmãs por mais apuro no trajar e pelo penteado original que fizera com seus soberbos cabelos. Suas irmãs e as outras moças tinham todas o ar de estar perfeitamente persuadidas de que Vielhtcháninov ali aparecera "por causa de Kátia". Seus olhares, certas palavras, lançados furtivamente no curso do dia, convenceram-no de que sua hipótese era exata.

Katierina Fiedossiéievna era moça grande e loura, muito forte, de traços extraordinariamente suaves, de caráter manifestamente tranquilo, hesitante, um pouco sem firmeza. "É bem estranho que semelhante moça não tenha ainda se casado", pensou Vielhtcháninov malgrado seu, olhando-a com verdadeiro prazer. "Não tem dote, é verdade, e deve engordar muito depressa, mas não faltam os que apreciam esse tipo de beleza..." As irmãs eram todas bastante gentis, e, entre as amigas, notou vários rostos agradáveis e até mesmo bem bonitos. Não deixava de sentir algum prazer naquilo, mas viera com uma disposição de espírito muito especial.

Nádiejda Fiedossiéievna, a sexta, a ginasiana, a predileta de Páviel Pávlovitch, fazia-se esperar. Vielhtcháninov estava bastante impaciente por vê-la, o que lhe causou surpresa e lhe pareceu ridículo. Enfim, ela chegou, e sua entrada causou efeito. Vinha acompanhada por uma amiga, uma moreninha nada bonita, de ar vivo e espevitado, Mária Nikítichna, que claramente causava grande medo a Páviel

Pávlovitch. Essa Mária Nikítichna, moça de uns 23 anos, risonha e espirituosa, era professora em uma casa vizinha. Há muito tempo tratavam-na, na casa dos Zakhliébinini, como se fosse da família, e as moças gostavam muito dela. Era claro que Nádia, sobretudo, não podia ficar sem ela.

Vielhtcháninov percebera, desde o primeiro olhar, que as moças estavam todas contra Páviel Pávlovitch, inclusive as vizinhas; não foi necessário mais que um minuto da presença de Nádia para que ele ficasse certo de que ela o detestava. Convenceu-se igualmente de que Páviel Pávlovitch não suspeitava disso ou não queria percebê-lo. Nádia era incontestavelmente a mais bela de todas as irmãs: era uma moreninha de ar um tanto selvagem, com uma segurança de niilista; um diabinho de olhar ardente, de sorriso delicado, muitas vezes malicioso, de lábios e dentes admiráveis; delgada e esbelta, tinha uma expressão altiva e resoluta e, ao mesmo tempo, algo de infantil. Cada um de seus passos, cada uma de suas palavras dizia que tinha quinze anos.

A pulseira obteve pouco êxito; o efeito produzido foi até desagradável. Páviel Pávlovitch, assim que ela chegou, aproximou-se dela com um sorriso nos lábios. Deu como pretexto "o enorme prazer que tivera, outra vez, ouvindo-a cantar aquela encantadora romança ao piano". Atrapalhou-se, não chegou a concluir sua frase, ficou parado no lugar, aturdido, estendendo o estojo, procurando metê-lo na mão de Nádia. Esta se recusou a aceitá-lo; corou, confusa, e, colérica, retirou sua mão; voltou-se ousadamente para sua mãe, que parecia desconcertada, e lhe disse bem alto:

– Não quero, mamãe!

– Aceite e agradeça – disse o pai, em tom calmo e severo, mas estava ele próprio bastante descontente. – É inútil, verdadeiramente inútil! – disse ele baixinho a Páviel Pávlovitch, de uma maneira significativa.

Nádia, resignada, tomou o estojo e, de olhos baixos, fez uma reverência infantil, inclinando-se vivamente para vivamente tornar a erguer-se, como movida por uma mola.

Uma de suas irmãs aproximou-se para ver a joia; Nádia estendeu-lhe o estojo sem abri-lo, para mostrar que ela mesma não tinha desejo nenhum de olhá-lo. A pulseira passou de mão em mão; todas olharam sem dizer nada, algumas com um sorriso zombeteiro. Somente a mãe disse, com um ar constrangido, que a pulseira era muito bonita. Páviel Pávlovitch tinha vontade de se meter chão abaixo.

Vielhtcháninov tirou todo mundo do embaraço.

Agarrou a primeira ideia que lhe veio e falou bem alto, com entusiasmo. Cinco minutos depois, todas as pessoas presentes no salão não tinham ouvidos senão para ele. Possuía, de modo admirável, a arte da conversação mundana, a arte de tomar um ar de convicção e de candura e de dar a seus ouvintes a impressão de que os considerava, também eles, como pessoas convencidas e cândidas. Sabia, quando era preciso, parecer o mais feliz e o mais alegre dos homens. Era bastante hábil em colocar no momento preciso uma frase espirituosa e mordaz, uma alusão engraçada, um trocadilho, da maneira mais natural do mundo, sem parecer prestar atenção, mesmo quando a pilhéria era preparada de longa data, sabida de cor e servida desta vez após cem outras. Porém, naquele momento, não era mais somente arte; todo o seu dom natural participava daquilo. Sentia-se inspirado, muito excitado; sentia, com uma certeza plena e triunfante, que lhe bastariam alguns minutos para que todos os olhares estivessem centrados nele, para que todos não ouvissem senão a ele, não rissem mais senão do que ele dissesse. E, de fato, pouco a pouco, todos entraram na conversa que ele dirigia com uma maestria perfeita. O rosto fatigado da sra. Zakhliébinina iluminou-se de satisfação, quase de alegria, e Kátia se pôs a olhar e a escutar, fascinada. Nádia o observava às escondidas: era claro que estava prevenida contra ele, o que não fazia senão estimular a eloquência de Vielhtcháninov. A malevolente Mária Nikítichna soubera fazer correr a respeito dele um boato que lhe prejudicava o prestígio: havia afirmado que Páviel Pávlovitch falara-lhe na véspera a respeito de Vielhtcháninov como tendo sido seu amigo de infância, o que envelhecia este último em sete anos bem contados. Contudo, agora, a malevolente Mária também estava sob o fascínio. Páviel Pávlovitch achava-se totalmente aturdido. Dava-se conta do que constituía a superioridade de seu amigo; no começo, estivera encantado com o seu êxito, havia ele próprio rido com os outros e tomado parte na conversação; porém, pouco a pouco, caiu em um devaneio e, finalmente, em uma espécie de tristeza que traía claramente sua fisionomia.

– Pois bem, o senhor é um visitante com o qual não precisamos nos preocupar em arranjar distração! – disse alegremente o velho Zakhliébinin, levantando-se para subir a seu quarto, onde o esperavam, embora fosse feriado, papéis a examinar. – E imagine que eu o considerava como o rapaz mais hipocondríaco do mundo! Como a gente se engana!

Havia no salão um piano de cauda. Vielhtcháninov perguntou quem sabia tocar e voltou-se de súbito para Nádia.

– Mas a senhorita canta, creio?
– Quem disse? – replicou ela com rispidez.
– Foi Páviel Pávlovitch quem disse ainda há pouco.
– Não é verdade. Canto por brincadeira. Não tenho nem sombra de voz.
– Mas eu também não tenho voz e canto assim mesmo.
– Então o senhor cantará alguma coisa? E depois eu cantarei para o senhor alguma coisa – disse Nádia, com um clarão nos olhos. – Mas não agora, mas depois do jantar... Não posso suportar a música – ajuntou ela. – Esse piano me aborrece; da manhã à noite só se faz aqui cantar e tocar; somente Kátia entende um pouco disso!

Vielhtcháninov pegou-lhe imediatamente a palavra, e todos concordaram que Kátia era a única que se ocupava seriamente com música. Então ele lhe rogou que tocasse algo. Todos ficaram encantados por ele se ter dirigido a Kátia, e a mãe corou de prazer. Kátia levantou-se, sorrindo, dirigiu-se para o piano; e lá, de repente, sem que ela mesma o esperasse, sentiu-se corar e ficou toda confusa por corar assim como uma menininha, ela, a grande e forte moça de 24 anos. E tudo isso via-se em seu rosto enquanto se sentava para tocar. Tocou um pequeno trecho de Haydn corretamente, sem expressão, mas estava intimidada. Quando terminou, Vielhtchánínov louvou, com entusiasmo, não sua maneira de tocar, mas Haydn e aquele pequeno trecho; o prazer que ela sentiu foi tão visível e escutou com um ar tão reconhecido e tão feliz o elogio que ele fazia, não a ela, mas a Haydn, que Vielhtchánínov não pôde impedir-se de olhá-la com um olhar mais atento e mais cordial: "Na verdade, é uma excelente moça!", dizia seu olhar – e todos compreenderam de repente seu olhar, sobretudo Katierina.

– Que magnífico jardim vocês têm! – disse ele, dirigindo-se a todas e lançando um olhar para as portas envidraçadas do terraço.

– Sabem de uma coisa? Vamos todos para o jardim.

– Sim, isso mesmo, para o jardim!

Foi um grito de alegria, como se tivesse ele respondido ao desejo de todos.

Desceu-se, pois, ao jardim para esperar o jantar. A sra. Zakhliébinina, que há muito tempo só desejava uma coisa: fazer sua sesta, teve de sair com todos, mas parou prudentemente no terraço, onde se sentou e logo adormeceu. No jardim, as relações entre Vielhtchánínov e as moças tornaram-se bem depressa completamente familiares e cordiais. Viu logo saírem das vilas vizinhas, para vir juntar-se a eles, dois ou três jovens: um era um estudante, o outro ainda um ginasiano; cada um deles juntou-se à moça por causa da qual viera. O terceiro era um rapaz de vinte anos, de ar sombrio, cabelos emaranhados, com enormes óculos azuis; pôs-se a conversar em voz baixa, muito depressa, a testa franzida, com Mária Nikítichna e Nádia. Lançou a Vielhtchánínov olhares duros e parecia tomar a respeito dele uma atitude extraordinariamente desdenhosa.

Algumas das moças propuseram jogar. Vielhtcháninov perguntou o que elas costumavam jogar; responderam-lhe que jogavam todo tipo de jogos, mas a maior parte das vezes os provérbios. Explicaram-lhe: todos se sentam, um só se afasta um momento; escolhe-se um provérbio qualquer e depois, quando se mandou buscar aquele que deve adivinhar, é preciso que cada qual por sua vez lhe diga uma frase em que se encontre uma das palavras do provérbio; o outro deve adivinhar a frase inteira.

— Mas é muito divertido – disse Vielhtcháninov.

— Oh, não! É muito aborrecido – responderam ao mesmo tempo duas ou três vozes.

— Também fazemos teatro – disse Nádia, dirigindo-se a ele. – Vê lá embaixo aquela grossa árvore cercada de bancos? Os atores estão por trás da árvore, como nos bastidores; cada um sai por sua vez, o rei, a rainha, a princesa, o jovem galã; cada um vem à sua vontade, diz o que lhe passa pela cabeça e sai.

— É encantador! – replicou Vielhtcháninov.

— Oh, não! É muito aborrecido! É sempre divertido no começo; depois, ninguém sabe mais o que dizer, ninguém sabe acabar. Talvez com o senhor saia melhor... Nós havíamos acreditado que o senhor era amigo de Páviel Pávlovitch, mas vemos bem que ele andou se vangloriando. Estou muito contente por o senhor ter vindo... por causa de um negócio... – disse ela, olhando Vielhtcháninov com um ar sério, insistente. E logo depois correu a juntar-se a Mária Nikítichna.

— Jogaremos esta noite os provérbios – disse em voz baixa a Vielhtcháninov uma amiga que ele mal notara e que ainda não dissera uma palavra. – O senhor verá, vamos zombar de Páviel Pávlovitch e o senhor também.

— Oh, sim, como fez bem em ter vindo. É sempre tão tedioso aqui em casa – disse outra amiga, que ele também não havia notado, uma ruivinha, toda ofegante por haver corrido.

Páviel Pávlovitch sentia-se cada vez menos à vontade. Vielhtcháninov dava-se o melhor possível com Nádia; ela não mais o olhava de revés, como ainda há pouco; ria com ele, saltava, tagarelava e duas vezes pegou na mão dele; sentia-se absolutamente feliz e prestava tanta atenção em Páviel Pávlovitch como se ele não estivesse ali. Vielhtcháninov estava certo agora de que havia uma conspiração organizada contra Páviel Pávlovitch. Nádia, com uma turma de moças, atraíra Vielhtcháninov para um canto; outro bando de amigas, sob diversos pretextos, arrastava Páviel Pávlovitch para outro, mas este livrava-se delas, corria direto ao grupo em que se encontravam Nádia e Vielhtcháninov, avançando sua cabeça, calva e inquieta, para escutar o que se dizia. Em breve, nem mesmo compostura pôs nisso, e seus gestos e sua agitação eram por vezes de uma ingenuidade prodigiosa.

Vielhtcháninov não pôde deixar de observar atentamente Katierina Fiedossiéievna. Ela via agora, sem dúvida alguma, que ele comparecera ali não por causa dela e interessava-se intensamente por Nádia, mas seu rosto permanecia tão suave e tão calmo como antes. Sentia-se, ao que parecia, totalmente feliz por estar junto deles e por ouvir o que dizia o novo visitante; ela própria, a pobre moça, era incapaz de participar habilmente da conversação.

– Que moça excelente é sua irmã Kátia – disse Vielhtcháninov baixinho a Nádia.

– Kátia! Mas não é possível ser melhor do que ela! É o anjo entre todas nós, e eu a adoro – respondeu ela com entusiasmo.

Às cinco horas, serviu-se o jantar. Evidentemente, tinham sido feitas despesas extraordinárias por causa do hóspede. Acrescentaram-se ao cardápio habitual dois ou três pratos muito bem escolhidos; um deles era mesmo tão incomum que ninguém conseguiu comê-lo. Além dos vinhos habituais, serviu-se uma garrafa de Tokai*; à sobremesa, por causa de um pretexto qualquer, bebeu-se champanhe.

---

* O mais famoso dos vinhos húngaros. (N.T.)

Depois de ter bebido um pouco mais que de costume, o velho Zakhliébinin estava animado e ria de tudo o que dizia Vielhtcháninov. No final, Páviel Pávlovitch não pôde mais conter-se: quis, também ele, produzir seu efeito e lançou um trocadilho. Rebentou logo uma explosão violenta de risadas na extremidade da mesa onde estava ele sentado, perto da sra. Zakhliébinina.

– *Pápotchka! Pápotchka!*... Páviel Pávlovitch acaba de fazer um trocadilho – gritaram juntas duas mocinhas.

– Ah, também ele faz trocadilhos? Pois então vejamos esse trocadilho! – disse o velho, com sua voz grave, voltando-se para Páviel Pávlovitch e sorrindo complacentemente de antemão.

– Acaba de dizer que somos umas senhoritas que senhoreamos as almas.

– Ah, era isso então? – disse o velho, sem compreender, e sorriu ainda mais afavelmente na expectativa da graça.

– Ah, papai! Mas então o senhor não compreende? A graça está em que somos umas senhoritas que senhoreiam!...

– Ah! – exclamou o velho, desconcertado. – Hum! Bem, da outra vez ele fará um melhor – e desatou em franca gargalhada.

– O que quer o senhor, Páviel Pávlovitch? Não se pode ter todos os talentos ao mesmo tempo – disse bem alto, em um tom zombeteiro, Mária Nikítichna. – Ah, meu Deus! Ele engoliu uma espinha! – exclamou ela, saltando de sua cadeira.

Houve um tumulto geral: era tudo o que ela queria. Páviel Pávlovitch, após o fracasso de seu trocadilho, quisera ocultar sua confusão esvaziando seu copo e bebera às pressas, engasgando-se. Porém, Mária Nikítichna gritava a plenos pulmões que "era mesmo uma espinha de peixe, que estava certa disso e que já se vira muita gente morrer assim".

– É preciso bater-lhe nas costas – disse alguém.

– Sim, sim, com certeza – aprovou Zakhliébinin.

E lançaram-se ao desgraçado: Mária Nikítichna, a ruivinha e até a mãe, toda assustada, quiseram bater-lhe nas costas.

Páviel Pávlovitch teve de levantar-se da mesa e fugir. Quando voltou, explicou longamente que apenas se engasgara com o vinho. Então, compreendeu-se que tudo aquilo não passara de uma brincadeira de Mária Nikítichna.

– Ah! Que travessa que és! – quis dizer severamente a sra. Zakhliébinina, mas foi ela própria tomada por uma risada louca, que nunca lhe tinham ouvido e que causou igualmente seu efeito.

Após a sobremesa, saíram todos para tomar o café no terraço.

– Que belos dias! – disse com efusão o velho, contemplando o jardim com um olhar cheio de satisfação. – Agora, teríamos necessidade de um pouco de chuva... Bem, vou repousar um pouco. Quanto a vocês, divirtam-se! Vamos, é preciso que te divirtas! – acrescentou ele, batendo no ombro de Páviel Pávlovitch.

Quando tornaram todos a descer ao jardim, Páviel Pávlovitch alcançou Vielhtcháninov e puxou-o pelo braço.

– Um minutinho, peço-lhe – disse-lhe em voz baixa, com ar agitado.

Dirigiram-se para um atalho afastado do jardim.

– Não, aqui não o deixarei... ah! não lhe permitirei... – disse ele, sufocando de raiva, apertando-lhe o braço.

– Como? O quê? – perguntou Vielhtcháninov, escancarando os olhos.

Páviel Pávlovitch olhou, sem nada dizer, remexeu os lábios e teve um sorriso de cólera.

– Mas onde estão os senhores? Que fazem? Só estamos à espera dos senhores – gritavam as moças, impacientes.

Vielhtcháninov ergueu os ombros e dirigiu-se para elas. Páviel Pávlovitch seguiu-o.

– Aposto que ele estava pedindo um lenço – disse Mária Nikítichna. – Já da outra vez esqueceu ele seu lenço.

— Esquece-o sempre — disse uma outra.

Ele esqueceu seu lenço? Páviel Pávlovitch esqueceu seu lenço! *Mámienhka*, Páviel Pávlovitch esqueceu o lenço dele de novo! *Mámienhka*, Páviel Pávlovitch está de novo resfriado! — gritava-se de todos os lados.

— Mas por que não falou? Como o senhor é tímido, Páviel Pávlovitch! — suspirou a sra. Zakhliébinina, com sua voz arrastada. — Não se deve brincar com resfriados... Vou mandar trazer-lhe agora mesmo um lenço... Mas o que faz para estar sempre resfriado? — acrescentou ela, afastando-se, encantada com aquele pretexto que lhe permitia retirar-se.

— Mas tenho dois lenços e não estou resfriado! — gritou-lhe Páviel Pávlovitch.

Ela não ouviu e, um minuto mais tarde, Páviel Pávlovitch, que procurava acompanhar os outros e não perder de vista Nádia e Vielhtcháninov, viu chegar correndo uma criada, toda resfolegante, trazendo-lhe um lenço.

— Brinquemos, brinquemos, brinquemos de provérbios! — exclamava-se de todos os lados, como se esperassem Deus sabe o quê com a brincadeira.

Escolheu-se um local e todos se sentaram. Mária Nikítichna foi designada a ser a primeira a adivinhar; afastou-se bastante para que nada pudesse ouvir; escolheu-se o provérbio e distribuíram-se as palavras. O provérbio foi: "Um mau sonho roguemos a Deus", que Mária Nikítichna não demorou em adivinhar.

Depois foi a vez do rapaz dos cabelos revoltos e dos óculos azuis. Com ele tomaram maiores precauções, mandando-o para mais longe ainda, perto de um pavilhão, onde ficou de nariz voltado para a parede. O rapaz cumpria sua missão com um ar de altivo desdém; diria-se que se sentia um tanto humilhado. Quando o chamaram, não adivinhou nada, fez repetir duas vezes, refletiu demoradamente, com ar sombrio, e não adivinhou mesmo nada. O provérbio era: "A prece feita a Deus e o serviço prestado ao czar nunca são perdidos".

— Que provérbio estúpido! — murmurou o rapaz, despeitado e descontente, voltando ao seu lugar.

— Ah! Como é aborrecido! — exclamaram várias vozes.

Chegou a vez de Vielhtcháninov; levaram-no mais longe ainda que os outros; também ele não adivinhou nada.

— Ah, que aborrecido isso! — exclamaram vozes mais numerosas.

— Pois bem, agora é a minha vez — disse Nádia.

— Não, não, é a vez de Páviel Pávlovitch! — gritaram todas as vozes muito vivamente.

Levaram-no até o fundo do jardim, plantaram-no em um canto, de nariz contra a parede e, para que ele não pudesse voltar-se, puseram junto dele uma sentinela, a ruivinha. Tendo Páviel Pávlovitch recuperado um pouco de ânimo, quis cumprir seu dever com perfeita consciência e ficou ali, rígido como um poste, de olhos na parede. A ruivinha vigiava-o a vinte passos de distância e fazia sinais às moças em um estado de agitação extrema; era claro que aguardavam algo com impaciência. Bruscamente, a ruivinha fez um sinal com os braços. Num piscar de olhos, todos saíram correndo.

— Corra, corra também! — disseram a Vielhtcháninov dez vozes inquietas ao verem-no permanecer no lugar.

— Mas o que há? O que se passa? — perguntou ele, pondo-se a correr atrás delas.

— Não fale tão alto! Não grite! É preciso deixá-lo de pé, lá embaixo, a fitar sua parede, e fugirmos. Veja, Nástia também foge.

Nástia, a ruivinha, corria desabaladamente, agitando os braços. Em seguida, todas haviam fugido até a outra extremidade do jardim, por trás do tanque. Quando Vielhtcháninov lá chegou, viu que Katierina fazia vivas censuras às suas companheiras, sobretudo a Nádia e a Mária Nikítichna.

— Kátia, minha pombinha, não te zangues! — dizia Nádia, beijando-a.

— Bem, nada direi a mamãe, mas vou embora, porque isso não fica bem. Que haverá de pensar o pobre homem, lá embaixo, diante da parede!

Partiu, mas as outras não tiveram compaixão nem pesar. Insistiram muito com Vielhtcháninov para que não desse demonstração de nada quando Páviel Pávlovitch viesse se juntar a eles.

– E agora vamos brincar de pegar! – gritou a ruivinha, toda encantada.

Páviel Pávlovitch esteve lá pelo menos quinze minutos antes de juntar-se de novo ao grupo; ficara efetivamente mais de dez minutos de pé diante da parede. Quando chegou, a brincadeira transcorria em pleno entusiasmo; todas gritavam e riam. Louco de cólera, Páviel Pávlovitch correu direto a Vielhtcháninov e agarrou-lhe o braço.

– Um minutinho, rogo-lhe!
– Ora essa, lá vem ele de novo com seu minutinho!
– Está pedindo mais um lenço! – exclamaram vozes.
– Desta vez foi você... foi culpa sua...

Páviel Pávlovitch não pôde dizer mais nada: rangia os dentes.

Vielhtcháninov aconselhou-o, muito amigavelmente, a mostrar-se mais alegre:

– Se zombam de você, é porque você está de mau humor quando todos estão alegres.

Para grande espanto seu, o conselho que deu levou Páviel Pávlovitch a uma mudança completa de atitude: tornou-se imediatamente calmo, voltou a misturar-se ao grupo, como se aquilo tivesse sido culpa sua, e tomou parte em todos os jogos; ao fim de meia hora, havia recuperado sua alegria. Em todos os jogos fazia par, quando cabia, com a ruivinha ou com uma das Zakhliébininas. O que levou ao cúmulo o espanto de Vielhtcháninov é que nem uma vez sequer ele dirigiu a palavra a Nádia, embora tivesse se mantido sempre perto dela. Parecia aceitar sua situação como algo devido, natural. Mas, para o fim do dia, pregaram-lhe novamente uma peça.

Brincava-se de esconder. Era permitido esconder-se onde se quisesse. Páviel Pávlovitch, que conseguira dissimular-se numa moita espessa, teve de súbito a ideia de correr para se esconder na casa. Descobriram-no e começaram a gritar. Subiu ele a escada, de quatro em quatro, até o sótão; conhecia ali um excelente esconderijo, atrás de uma cômoda. Mas a ruivinha subiu atrás dele, deslizou na ponta dos pés até a porta do quarto onde ele estava refugiado e o chaveou. Todos, como haviam feito antes, continuaram a brincar e correram para além do tanque, até a outra extremidade do jardim. Ao fim de dez minutos, vendo que não o procuravam mais, Páviel Pávlovitch pôs a cabeça à janela. Ninguém mais! Não ousou chamar, com receio de perturbar os pais; além disso, os criados tinham recebido ordem formal de não aparecerem e não responderem ao apelo de Páviel Pávlovitch. Somente Katierina poderia tê-lo socorrido, mas havia entrado em seu quarto e ali adormecera. Ficou ele ali cerca de uma hora. Por fim as moças apareceram, uma após a outra, como por acaso.

– Páviel Pávlovitch, por que o senhor não veio juntar-se a nós? Se soubesse como é divertido! Brincamos de teatro; Alieksiéi Ivânovitch fez o galã.

– Páviel Pávlovitch, por que não desce? O senhor é muito espantoso! – disseram, enquanto passavam, outras moças.

– Espantoso, por quê? – ouviu-se de repente a voz da sra. Zakhliébinina, que acabava de despertar e decidia-se a dar uma volta pelo jardim, aguardando a hora do chá, para ver o brinquedo das "crianças".

– Mas vejam Páviel Pávlovitch!

E elas lhe mostraram a janela pela qual Páviel Pávlovitch aparecia, com um sorriso constrangido, pálido de raiva.

– Que prazer estranho esse de ficar fechado, sozinho, quando todo mundo se diverte! – disse a mãe, abanando a cabeça.

Durante aquele tempo, Vielhtcháninov viera a saber de Nádia as razões pelas quais ela se sentira contente por vê-lo aparecer e o grande assunto que a preocupava. A explicação se deu em uma aleia deserta. Mária Nikítichna fizera sinal a Vielhtcháninov, que tomava parte em todos os jogos e começava a entediar-se fortemente, e conduzira-o àquela aleia, onde o deixou a sós com Nádia.

– Estou inteiramente certa – disse ela, com voz forte e precipitada – de que o senhor não é amigo tão íntimo assim como Páviel Pávlovitch se gabou. O senhor é o único homem que me poderia prestar um serviço extraordinariamente importante: aqui está a odiosa pulseira dele – tirou o estojo do bolso –, peço-lhe da maneira mais insistente que a entregue a ele imediatamente, porque, quanto a mim, não quero mais falar com ele em toda a minha vida. Aliás, o senhor pode dizer-lhe que é da minha parte e acrescentar que não tome mais a ousadia de se apresentar com presentes. Quanto ao resto, farei com que saiba por outras pessoas. Quer ter a bondade de me fazer este grande favor?

– Em nome de Deus, rogo-lhe, dispense-me disso! – respondeu Vielhtcháninov com um grito de aflição.

– Como? Como? Dispensá-lo? – replicou Nádia, totalmente desconcertada, arregalando os olhos.

Perdeu o prumo e quase se pôs a chorar. Vielhtcháninov sorriu.

– Não creia que... Eu ficaria feliz... Mas é que tenho umas contas a ajustar com ele...

– Sabia bem que o senhor não era seu amigo e que ele mentiu! – interrompeu-o Nádia com vivacidade. – Jamais serei esposa dele, está ouvindo? Jamais! Não compreendo como ele ousou... Mas, de qualquer modo, é preciso que o senhor lhe devolva esta odiosa pulseira! Se não, o que quer que eu faça? Quero que ela seja devolvida hoje mesmo. Se ele me denunciar a papai, verá o que lhe acontecerá!

Nesse momento, surgiu de repente, de trás de uma moita, o rapaz de cabelos revoltos e óculos azuis.

– É preciso que o senhor devolva a pulseira – gritou ele a Vielhtcháninov, com uma espécie de raiva – ainda que fosse apenas em nome do direito da mulher... se é que o senhor está à altura desse problema!

Não teve tempo de acabar. Nádia agarrou-o violentamente pelo braço e empurrou-o para longe de Vielhtcháninov.

– Meu Deus! Como você é idiota, Priedposílov! – exclamou ela. – Vá embora! Vá embora e não ouse mais ouvir o que se conversa. Já lhe dei ordem de ficar longe!

E bateu com o pé. O rapaz já havia voltado a meter-se atrás de sua moita, mas ela continuava a andar, de um lado a outro, fora de si, os olhos cintilantes, os punhos crispados.

– Não imagina o senhor a que ponto eles são idiotas! – disse ela, detendo-se, de repente, diante de Vielhtcháninov. – O senhor acha isso ridículo, mas não pode imaginar o que representa para mim!

– Então não é ele? – disse Vielhtcháninov, sorrindo.

– É claro que não. Como pôde o senhor pensar em tal coisa? – disse Nádia, sorrindo enrubescida. – É apenas amigo dele. Mas como ele escolhe seus amigos! Não entendo nada. Dizem todos que aquele tal é "um homem de futuro". Eu não entendo, sinceramente... Alieksiéi Ivânovitch, o senhor é o único homem a quem eu posso me dirigir. Qual é sua última palavra: devolve-lhe a pulseira ou não?

– Sim, vou devolvê-la.

– Ah! O senhor é gentil, o senhor é bom! – exclamou ela, radiante de alegria, entregando-lhe o estojo. – Cantarei para o senhor a noite toda, porque, deve saber, canto muito bem e menti quando disse que não gostava de música. Ah! Se o senhor voltasse outra vez, como eu ficaria contente! Eu contaria tudo, tudo, tudo, e lhe diria ainda muitas coisas, porque o senhor é tão bom, tão bom!... tão bom... como Kátia!

De fato, quando entraram para o chá, ela cantou-lhe duas romanças, com uma voz ainda pouco formada, mas agradável e já forte. Páviel Pávlovitch estava sentado com os pais junto à mesa de chá, sobre a qual haviam colocado um serviço de velho Sèvres e onde já fervia um imenso samovar. Entretinha-os, sem dúvida, com questões extremamente sérias, pois deveria partir dois dias depois para uma ausência de nove meses. Não prestou nenhuma atenção aos jovens que voltavam do jardim; não lançou nem mesmo um olhar para Vielhtcháninov. Era evidente que se acalmara e não sonhava mais em queixar-se de sua desdita.

Porém, quando Nádia se pôs a cantar, aproximou-se logo. Cada vez que ele lhe dirigiu a palavra, ela fingiu não ouvi-lo, mas ele não se deixou perturbar. Ficou de pé, por trás dela, apoiado no espaldar da cadeira, e toda a sua atitude dizia que aquele lugar era dele e que não o cederia a ninguém.

– Chegou a vez de Alieksiéi Ivânovitch cantar, mamãe. Alieksiéi Ivânovitch vai cantar! – exclamaram em coro as moças, apertando-se em torno do piano, ao passo que Vielhtcháninov tomava lugar ali, muito seguro de si, para acompanhar a si próprio.

Os pais e Katierina Fiedossiéievna, que estava sentada junto deles e servia o chá, aproximaram-se.

Vielhtcháninov escolheu uma romança de Glinka, hoje quase esquecida:

> Quando à hora feliz, os teus lábios abrires
> E falares a mim, mais terna que uma pomba...

Cantava voltado para Nádia, que se conservava de pé, ao lado dele. Há muito não tinha mais senão um resto de voz, mas esse resto era suficiente para provar que deveria ter cantado muito bem. Ouvira aquela romança vinte anos antes, quando era ainda estudante, da boca do próprio Glinka, em uma ceia artística e literária oferecida por um amigo do compositor. Glinka, naquela noite, cantou e tocou suas obras preferidas. Não tinha mais voz, mas Vielhtcháninov lembrava-se do efeito extraordinário que produzira em particular aquela romança. Um cantor profissional não teria jamais conseguido causar uma impressão tão poderosa. Naquela romança, a paixão cresce e eleva-se a cada verso, a cada palavra; a gradação é tão forte nela e tão ligada que a menor nota falsa, a menor falha, que passa despercebida na ópera, rouba ao trecho todo o seu valor e todo o seu alcance. Para cantar algo tão simples, mas tão extraordinário, era preciso absolutamente sinceridade, um ímpeto de inspiração, uma paixão verdadeira ou perfeitamente simulada. De outro modo, não passaria de uma pequena romança qualquer, feia e até mesmo inconveniente. Não é possível traduzir com tão grande força a tensão extrema da paixão sem provocar aversão, a menos que a sinceridade e a simplicidade de coração salvem tudo.

Vielhtcháninov recordava-se do êxito que lhe valera aquela romança. Imitara o máximo possível a maneira de Glinka e agora ainda, desde a primeira nota, desde o primeiro verso, uma inspiração verdadeira encheu sua alma e passou-lhe à voz. A cada palavra, o sentimento crescia em força e em audácia; para o fim, fez ouvir verdadeiros gritos de paixão; olhando para Nádia com seus olhos cheios de ardor, cantava os derradeiros versos da romança:

> Agora mais audaz, contemplo os olhos teus.
> Meus lábios aproximo e, sem força de ouvir-te,
> Quero os lábios beijar-te, os lábios teus beijar,
> Os lábios teus beijar, os lábios teus beijar!

Nádia tremeu de medo e recuou; um rubor cobriu-lhe as faces, e como um clarão, passou de Vielhtcháninov ao rosto dela totalmente transtornado de confusão e quase de vergonha. Os outros ouvintes ficaram ao mesmo tempo encantados e desconcertados: cada qual parecia dizer que era na verdade fora de lugar cantar daquela maneira, e, ao mesmo tempo, todos aqueles jovens rostos e todos aqueles olhos brilhavam e cintilavam. O rosto de Katierina Fiedossiéievna estava tão radiante que Vielhtcháninov quase a achou bonita.

– Eis uma bela romança! – murmurou o velho Zakhliébinin, com um pouco de embaraço. – Mas... não será demasiado violenta? É bela... mas violenta.

– É violenta... – quis dizer, por sua vez, sua mulher.

Contudo, Páviel Pávlovitch não lhe deu tempo de acabar: saltou para frente como um louco, agarrou Nádia pelo braço e empurrou-a para longe de Vielhtcháninov; plantou-se diante deste, olhou-o com um olhar desvairado, os lábios trêmulos.

– Um minutinho, rogo-lhe – pôde dizer por fim.

Vielhtcháninov compreendeu logo que, se tardasse um instante que fosse, aquele personagem praticaria coisas dez vezes mais absurdas; agarrou-o pelo braço e, sem prestar atenção à surpresa geral, levou-o para o terraço, desceu com ele ao jardim, onde já quase havia anoitecido de todo.

– Compreende que é preciso partir agora mesmo comigo? – perguntou Páviel Pávlovitch.

– Não compreendo absolutamente...

– Lembra – prosseguiu Páviel Pávlovitch com raiva –, lembra que você insistiu comigo para dizer-lhe tudo, sinceramente, até o fim! Lembra? Pois bem, o momento chegou... Vamos!

Vielhtcháninov refletiu, olhou ainda uma vez Páviel Pávlovitch e consentiu em partir.

Essa partida imprevista desolou os pais e exasperou as moças.

– Pelo menos aceitem ainda uma xícara de chá – suplicou a sra. Zakhliébinina.

– Mas, afinal, que tens para te mostrares tão agitado? – perguntou o velho, com um tom severo e descontente, a Páviel Pávlovitch, que sorria e se calava.

– Páviel Pávlovitch, por que leva Alieksiéi Ivânovitch? – gemeram as moças, olhando-o com olhares cheios de furor.

Nádia lançou-lhe um olhar tão duro que ele fez uma careta, mas não cedeu.

– É que Páviel Pávlovitch me prestou o serviço de lembrar-me de um negócio extremamente importante que eu já estava esquecendo – disse Vielhtcháninov, sorrindo.

Apertou a mão do pai, inclinou-se diante das moças e mais particularmente diante de Kátia, o que chamou ainda a atenção.

– Obrigado por ter vindo nos ver. Todos nós teremos sempre satisfação em vê-lo – disse com insistência o velho Zakhliébinin.

– Oh, sim, estamos tão encantados... – repetiu a mãe calorosamente.

– Volte, Alieksiéi Ivânovitch! Volte! – gritavam as moças do alto do patamar, enquanto ele subia no carro com Páviel Pávlovitch.

E uma vozinha acrescentava, mais baixo do que as outras:

– Oh, sim, volte, querido, querido Alieksiéi Ivânovitch!

"É a ruivinha", pensou Vielhtcháninov.

CAPÍTULO XIII

DE QUE LADO PENDE A BALANÇA

Pensava ainda na ruivinha e, no entanto, o pesar e o descontentamento de si mesmo queimavam-lhe o coração há muito tempo. Durante aquele dia, que aparentemente fora tão alegre, a tristeza não o havia deixado. Antes de começar a cantar, não sabia mais como libertar-se dela; talvez fosse por essa razão que cantara com tanto entusiasmo.

"E pude rebaixar-me a esse ponto... esquecer tudo!", pensava ele.

Mas logo cortou seus remorsos pela raiz. Parecia-lhe humilhante lamentar-se; teria cem vezes preferido despejar sua cólera em alguém.

– O imbecil! – resmungou ele, com raiva, lançando uma olhadela de viés para Páviel Pávlovitch, sentado em silêncio, a seu lado, no carro.

Páviel Pávlovitch mantinha-se obstinadamente quieto; parecia concentrar-se em si mesmo e preparar-se. De vez em quando, com um gesto impaciente, tirava o chapéu e enxugava a testa com seu lenço.

– Está suando! – resmungou Vielhtcháninov.

Uma só vez, Páviel Pávlovitch abriu a boca para perguntar ao cocheiro se a tempestade viria ou não.

– Tomara! E ainda bem! Cozinhou-se o dia inteiro.

Com efeito, o céu obscurecia-se, raiado por vezes de relâmpagos ainda distantes. Eram dez e meia quando entraram na cidade.

– Acompanho-o à sua casa – disse Páviel Pávlovitch, voltando-se para Vielhtcháninov quando chegaram perto da casa.

– Estou vendo; contudo, previno-o de que me sinto muito seriamente indisposto.

– Não me deterei muito tempo!

Quando passaram pelo saguão, Páviel Pávlovitch afastou-se um momento para falar com Mavra.

– Que foi dizer-lhe? – perguntou-lhe Vielhtcháninov com severidade quando ele o alcançou e entraram em seu quarto.

– Nada... O cocheiro...

– Fique sabendo que não terá bebida!

O outro não respondeu. Vielhtcháninov acendeu uma vela, Páviel Pávlovitch instalou-se na poltrona. Vielhtcháninov plantou-se diante dele de cenho franzido.

– Prometi-lhe, também, minha última palavra – disse ele, com uma agitação interior que ainda conseguia dominar. – Pois bem: espero que tudo esteja definitivamente regularizado entre nós a tal ponto que não tenhamos mais nada a nos dizer... Entendeu? Nada mais. E, portanto, o melhor é que você se retire imediatamente para que eu feche minha porta às suas costas.

– Ajustemos nossas contas, Alieksiéi Ivânovitch! – disse Páviel Pávlovitch, olhando-o no fundo dos olhos com doçura.

– Como assim? "Ajustemos nossas contas"? – respondeu Vielhtcháninov, prodigiosamente surpreendido. – Que expressão estranha! E que contas? Ah! É essa, pois, sua "derradeira palavra", a revelação que você me prometia ainda há pouco?

– Isso mesmo.

– Não temos mais contas a ajustar, pois há muito tempo tudo está ajustado! – replicou Vielhtcháninov, com ar altivo.

– De verdade? Acredita nisso? – replicou Páviel Pávlovitch, com voz penetrante.

E, ao mesmo tempo, fazia o gesto estranho de juntar as mãos e de levá-las ao peito.

Vielhtcháninov calou-se e pôs-se a andar de um lado a outro no quarto. A lembrança de Lisa encheu-lhe o coração. Era como um apelo queixoso.

– Vamos, diga-me: quais são essas contas que você quer ajustar? – perguntou ele, após um longo silêncio, detendo-se diante do outro, com as sobrancelhas contraídas.

Páviel Pávlovitch não havia parado de acompanhá-lo com o olhar, as mãos juntas contra o peito.

– Não vá mais lá! – disse em voz quase baixa suplicante, e levantou-se de súbito de sua cadeira.

– Como! É apenas isso? – exclamou Vielhtcháninov, com um sorriso mau. – Você está me surpreendendo hoje! – continuou ele com voz mordaz; depois, bruscamente, mudou de atitude. – Escute – disse com uma expressão de tristeza e de sinceridade profunda –, acho que nunca, em caso algum, me rebaixei como hoje; primeiro, consentindo em acompanhá-lo e depois comportando-me ali como me comportei... Tudo isso foi tão mesquinho, tão lamentável... Eu me sujei, me rebaixei deixando-me ir... esquecendo... Bem, outra coisa! – Dominou-se de repente. – Escute: você me apanhou desprevenido hoje; estava superexcitado, doente... Não preciso, na verdade, me justificar! Não voltarei lá e, asseguro-lhe, nada tem ali que me atraia – concluiu resolutamente.

– É verdade? É verdade mesmo? – gritou Páviel Pávlovitch, transtornado de alegria.

Vielhtcháninov olhou-o com desprezo e pôs-se a andar pelo quarto.

– Você parece bem resolvido a fazer sua felicidade a qualquer preço! – não pôde impedir-se de dizer por fim.

– Oh, sim – disse Páviel Pávlovitch suavemente, com um ímpeto ingênuo.

"É um grotesco", pensou Vielhtcháninov, "e só é mau à força de tolice, mas nada tenho com isso e, de todo modo, não posso deixar de odiá-lo... embora nem mesmo isso mereça!"

– Veja você, sou um "eterno marido"! – disse Páviel Pávlovitch, com um sorriso submisso e resignado. – Há muito tempo que conhecia sua expressão, Alieksiéi Ivânovitch; remonta à época em que vivemos juntos em T***. Retive muitas daquelas frases que você gostava de oferecer no decorrer daquele ano. Da outra vez, quando você falou aqui de "eterno marido", compreendi muito bem.

Mavra entrou, trazendo uma garrafa de champanhe e dois copos.

– Perdoe-me, Alieksiéi Ivânovitch! Você sabe que não posso passar sem isso. Não se zangue... Veja, estou muito abaixo de você, sou muito indigno de você.

– Está bem! – disse Vielhtcháninov, com desgosto. – Mas asseguro-lhe que me sinto muito doente.

– Ah, não demorará muito... é questão de um minuto – respondeu o outro prontamente. – Apenas um copo, um copinho, porque tenho a garganta...

Esvaziou seu copo de um só trago, com avidez, e tornou a sentar-se, contemplando Vielhtcháninov com uma espécie de ternura. Mavra saiu.

– Que asco! – murmurou Vielhtcháninov.

– Veja você, a culpa é de suas amigas – Páviel Pávlovitch pôs-se a falar de repente, com calor, completamente reanimado.

– Como? O quê? Ah! Sim! Você sonha sempre com essa história...

– A culpa é de suas amigas! É ainda tão jovem! Só pensa em fazer loucuras para se divertir!... É mesmo muito gentil!... Mais tarde, será outra coisa. Estarei a seus pés, vou cercá-la de pequenos cuidados, será cercada de respeito. Além disso, a sociedade... afinal, terá tempo de se transformar.

"Seria preciso, no entanto, entregar-lhe a pulseira!", pensou Vielhtcháninov, bastante preocupado, tateando o estojo no fundo do bolso.

– Você dizia agora há pouco que estou resolvido a fazer ainda uma vez a minha felicidade. Pois bem, sim, Alieksiéi Ivánovitch, é preciso que me case – prosseguiu Páviel Pávlovitch, com uma voz comunicativa, um pouco perturbada. – De outro modo, o que vou me tornar? Você mesmo bem vê! – e mostrava a garrafa com o dedo. – E não é esta senão a menor de... minhas qualidades. Não posso, absolutamente, viver sem uma mulher, sem uma afeição, sem uma adoração. Adorarei e serei salvo.

"Mas por que diabos me conta tudo isso?", esteve a ponto de gritar Vielhtcháninov, que tinha dificuldade em não estourar de rir, mas conteve-se: teria sido demasiado cruel.

– Mas, afinal – exclamou ele –, diga-me por que me levou lá à força. Em que poderia servi-lo?

– Era para fazer uma prova – disse Páviel Pávlovitch, bastante constrangido.

– Que prova?

– Para experimentar o efeito... Veja você, Alieksiéi Ivânovitch, não faz uma semana que vou lá na qualidade de... – estava cada vez mais comovido. – Ontem o encontrei e disse a mim mesmo: "Jamais a vi numa reunião de estranhos, quero dizer, com outros homens que não eu...". Era uma ideia estúpida, agora percebo bem; era totalmente desnecessário. Mas o quis a qualquer preço. A culpa é do meu desgraçado caráter...

E, ao mesmo tempo, levantou a cabeça e corou.

"Será verdade tudo isso?", pensou Vielhtcháninov, estupefato.

– Pois bem, e então? – perguntou em voz alta.

Páviel Pávlovitch sorriu suave e astutamente.

– Tudo isso são criancices, é uma criatura muito gentil! A culpa é toda das amigas!... É preciso que você me perdoe a conduta estúpida durante todo este dia. Isso não acontecerá mais, nunca mais.

– Também não me acontecerá mais... Não irei mais lá – disse Vielhtcháninov, sorrindo.

– É o meu desejo.

Vielhtcháninov inclinou-se um pouco.

– Mas, afinal, não sou eu só no mundo. Há outros homens! – disse ele vivamente.

Páviel Pávlovitch corou de novo.

– Você me causa pesar, Alieksiéi Ivânovitch, e tenho tanta estima, tanto respeito por Nádiejda Fiedossiéievna...

– Perdoe-me, perdoe-me, não tinha a intenção de insinuar... somente acho um pouco surpreendente que você tenha feito tanto caso de meus meios de agradar... e... que tenha tão francamente confiado em mim...

– Sim, confiei. É por tudo aquilo que se passou.

– Então, considera-me ainda como um homem de honra? – perguntou Vielhtcháninov, parando, de súbito, diante dele.

Em outro momento, teria se aterrorizado por ter-lhe escapado uma pergunta tão ingênua, tão imprudente.

– Sempre o considerei assim – respondeu Páviel Pávlovitch, baixando a vista.

– Sim, sem dúvida, certamente... não é isso o que eu queria dizer... queria perguntar-lhe se você não tem mais a mínima... a mínima prevenção?

– Nenhuma.

– E quando chegou a Petersburgo?

Vielhtcháninov não pôde evitar fazer-lhe essa pergunta, embora sentisse ele próprio a que ponto sua curiosidade era audaciosa.

– Quando cheguei a Petersburgo, eu o tinha como o homem mais honrado do mundo. Sempre o estimei, Alieksiéi Ivânovitch.

Páviel Pávlovitch ergueu a vista e fitou-o francamente, sem a menor perturbação. Vielhtcháninov, de repente, teve medo: não queria que surgisse qualquer desavença causada por ele.

– Gostei muito de você, Alieksiéi Ivânovitch – disse Páviel Pávlovitch, como se, de repente, se decidisse –, sim, gostei muito de você, durante todo o nosso ano em T***. Você não prestou atenção – continuou, com uma voz um pouco trêmula que aterrorizou Vielhtcháninov –, eu era muito pouca coisa junto de você para que você prestasse atenção em mim. E talvez fosse melhor assim. Durante todos esses nove anos, lembrei-me de você, porque jamais tive na minha vida outro ano como aquele. – Seus olhos brilhavam estranhamente. – Guardei as expressões e as ideias que lhe eram familiares. Sempre me lembrei de você como um homem dotado de bons sentimentos, culto, notavelmente culto e dotado de inteligência. "Os grandes sentimentos partem menos de um grande espírito que de um grande coração." Era você que dizia isso e talvez tenha esquecido, mas eu me lembro. Sempre o considerei um homem de grande coração e acreditei em você... apesar de tudo...

Seu queixo tremia. Vielhtcháninov estava espantado. Era preciso, custasse o que custasse, pôr fim àquelas expansões inesperadas.

– Basta, Páviel Pávlovitch – disse ele, com uma voz surda e fremente, corando, – por que, por que – elevou, de súbito, a voz até gritar –, por que ligar-se assim a um homem doente, abalado, a dois passos do delírio, e arrastá-lo para as trevas... quando tudo isso não é senão fantasma, ilusão, mentira, vergonha, falsidade... e sem nenhuma medida... sim, está nisso o essencial, e o mais vergonhoso é que em tudo isso somos, você e eu, homens viciosos, dissimulados e vis... E quer que lhe prove imediatamente não só que você não gosta de mim, mas também que me odeia com todas as suas forças e que mente e que não se dá conta disso? Veio aqui me buscar, me levou até lá, de modo algum para fazer o que diz, para experimentar sua noiva. Será que tal ideia poderia ter passado na cabeça de um homem? Não, a verdade é esta: você me viu ontem, a cólera tornou a dominá-lo, e me levou para me mostrar e para dizer: "Olhe para ela! Pois bem, será minha!...". Você me desafiou!... Quem sabe? Você mesmo talvez não soubesse, mas é exatamente isso, porque foi isso que você sentiu... E, para lançar semelhante desafio, é preciso ódio: isso mesmo, você me odeia!

Corria pelo quarto gritando e sentia-se contrariado, ofendido, humilhado sobretudo à ideia de que assim se rebaixava até Páviel Pávlovitch.

— Queria fazer as pazes com você, Alieksiéi Ivânovitch! — disse o outro, de repente, com uma voz decidida, mas curta e ofegante. Seu queixo recomeçou a tremer.

Um furor selvagem apoderou-se de Vielhtcháninov, como se ele acabasse de sofrer a mais terrível das injúrias.

— Repito-lhe ainda uma vez — urrou ele — que você se agarrou a um homem doente, demolido, para arrancar-lhe, no delírio, não sei qual palavra que ele não quer lhe dizer!... Vamos!... Não somos pessoas do mesmo mundo, compreenda-o! Além disso... há entre nós um túmulo! — acrescentou ele, gaguejando de raiva. Lembrava-se de repente.

— E como você pode saber... — O rosto de Páviel Pávlovitch decompôs-se subitamente e tornou-se palidíssimo — como pode você saber o que representa para mim este pequeno túmulo, aqui, aqui dentro! — gritou ele caminhando para Vielhtcháninov e batendo com o punho no peito, num gesto ridículo, mas terrível. — Conheço este pequeno túmulo e estamos nós, você e eu, de pé, dos dois lados; mas do meu lado há mais do que do seu, sim, bem mais... — balbuciou ele, como em delírio, continuando a bater com o punho no peito — sim, bem mais, bem mais.

Um violento toque de campainha chamou-os bruscamente a si. Tocavam tão forte que pareciam querer arrancar o cordão com um só golpe.

— Não costumam bater em minha casa de tal maneira — disse Vielhtcháninov, mal-humorado.

— Não estamos, porém, na minha casa — balbuciou Páviel Pávlovitch, que, num abrir e fechar de olhos, tornara a dominar-se e reassumira as atitudes anteriores.

Vielhtcháninov franziu o cenho e foi abrir.

— O sr. Vielhtcháninov, se não me engano? – disse, no patamar, uma voz jovem, sonora e perfeitamente segura de si mesma.

— O que deseja?

— Sei com certeza – prosseguiu a voz sonora – que se acha em sua casa, no momento, um tal Trusótski. Preciso vê-lo imediatamente.

Vielhtcháninov teria tido grande prazer em atirar pela escada, com um bom pontapé, o senhor tão seguro de si mesmo. Mas refletiu, afastou-se e deixou-o passar:

— Aí está o sr. Trusótski. Entre.

CAPÍTULO XIV
Sáchenhka e Nádienhka

Entrou no quarto. Era um rapaz bastante jovem, de dezenove anos, ou talvez menos, tão moço parecia seu rosto bonito, altivo e ousado. Vestia-se muito bem; pelo menos tudo o que usava caía-lhe muito bem; estatura um pouco acima da média; cabelos negros em longos cachos espessos e grandes olhos atrevidos e escuros davam uma expressão singular à sua fisionomia. O nariz era um tanto largo e arrebitado; não fosse esse nariz, seria muito belo. Entrou com ar importante.

— É sem dúvida o sr. Trusótski a quem tenho ocasião de falar – e destacou com satisfação particular a palavra "ocasião" para dar a entender que não considerava que aquela conversa lhe causasse honra ou prazer.

Vielhtcháninov começava a compreender, e Páviel Pávlovitch parecia suspeitar de alguma coisa. Certa inquietação surgia em seu rosto; no mais, dominava-se.

— Como não tenho a honra de conhecê-lo – respondeu ele tranquilamente –, não suponho que possamos ter algo a resolver.

— Comece por me ouvir e depois diga o que quiser – disse o rapaz com prodigiosa segurança.

Em seguida, pôs os óculos de ouro que pendiam de um fio de seda e olhou a garrafa de champanhe colocada em cima da mesa. Depois de haver suficientemente observado a garrafa, tirou os óculos e voltou-se de novo para Páviel Pávlovitch, dizendo:

– Alieksandr Lóbov.*

– Quem é que é Alieksandr Lóbov?

– Sou eu. Não conhece meu nome?

– Não.

– De fato, como o haveria de conhecer?! Venho para tratar de um negócio importante, que particularmente lhe diz respeito. Mas, em primeiro lugar, permita que me sente. Estou fatigado...

– Sente-se – disse Vielhtcháninov.

O rapaz já estava sentado antes que o tivessem convidado a fazê-lo. Apesar do sofrimento que lhe dilacerava o peito, Vielhtcháninov interessava-se por aquele jovem insolente. Naquele gracioso rosto de adolescente, havia como que um ar de semelhança longínqua com Nádia.

– Sente-se também – disse o rapaz a Páviel Pávlovitch, apontando-lhe, negligentemente, com uma inclinação de cabeça, uma cadeira à sua frente.

– Não, ficarei de pé.

– O senhor se cansará... E o senhor, sr. Vielhtcháninov, poderá ficar.

– Não tenho motivo algum para me retirar. Estou em minha casa.

– Como quiser. De resto, desejo que o senhor assista à conversa que vou ter com esse senhor. Nádiejda Fiedossiéievna falou-me do senhor em termos extremamente lisonjeiros.

– Verdade? E quando, então?

– Logo depois de sua partida. Venho de lá agora. Eis a questão, sr. Trusótski – disse ele, voltando-se para Páviel

---

* Nome inventado. De *iob*, fronte, testa. (N.T.)

Pávlovitch, que ficara de pé e falava entre dentes, displicentemente, estendido em sua poltrona. – Há muito tempo que nos amamos, Nádiejda Fiedossiéievna e eu, e que demos nossa palavra um ao outro. O senhor meteu-se entre nós. Vim convidá-lo a dar o fora. Está disposto a se retirar?

Páviel Pávlovitch estremeceu, empalideceu, e um sorriso mau desenhou-se em seus lábios.

– Não estou absolutamente disposto a isso – respondeu ele de modo resoluto.

– Então, está bem! – disse o rapaz, refestelando-se na poltrona e cruzando as pernas.

– Além disso, nem mesmo sei a quem falo – disse Páviel Pávlovitch. – Acho que esta conversa já durou demais.

Então, decidiu sentar-se, por sua vez.

– Bem lhe dizia que o senhor se fatigaria – notou negligentemente o rapaz. – Tive ocasião de dizer, há pouco, que me chamo Lóbov e que Nádiejda Fiedossiéievna e eu demos nossa palavra um ao outro; por conseguinte, o senhor não pode pretender, como acaba de fazê-lo, não saber com quem trata; não pode, além disso, ser de opinião de que não temos mais nada a nos dizer. Não se trata de mim; trata-se de Nádiejda Fiedossiéievna que o senhor importuna de uma maneira imprudente. Perceba que há matéria para explicação.

Disse tudo isso entre dentes, como um jovem presunçoso, dignando-se apenas a articular suas palavras; quando acabou de falar, tornou a pôr os óculos e assumiu a expressão de olhar muito atentamente alguma coisa, não importava o quê.

– Perdão, rapaz... – exclamou Páviel Pávlovitch, bastante agitado.

Mas o "rapaz" deteve-o imediatamente.

– Em qualquer outra circunstância, eu o teria proibido de me chamar "rapaz", mas no caso presente o senhor mesmo haverá de reconhecer que minha juventude constitui precisamente, se me comparam com o senhor, minha principal superioridade: há de convir o senhor que hoje, por exemplo, quando ofereceu sua pulseira, teria dado muito para ter uma migalha a mais de juventude!

— Oh! Que descaramento! — murmurou Vielhtcháninov.

— Em todo caso, senhor — continuou Páviel Pávlovitch com dignidade —, os motivos que invoca, e que, de minha parte, julgo de gosto duvidoso e perfeitamente inconvenientes, não me parecem capazes de justificar uma conversa mais prolongada. Tudo isso não passa de tolice. Amanhã conversarei com Fiedossiéi Siemiônovitch. Agora lhe rogo que me deixe em paz.

— Mas vejam só a dignidade desse homem! — gritou o rapaz para Vielhtcháninov, perdendo o seu belo sangue-frio. — Expulsam-no de lá, mostrando-lhe a língua. Acredita que ele vai se dar por satisfeito? Ah, não! Irá amanhã contar tudo ao pai. Não é essa a prova, homem desleal que o senhor é, de que quer obter a moça à força, que pretende comprá-la a pessoas a quem a idade privou do espírito e que aproveitam da barbárie social para dispor dela à fantasia deles?... Ela, no entanto, já lhe testemunhou suficientemente o seu desprezo. Não lhe devolveu hoje mesmo seu estúpido presente, sua pulseira? O que mais é preciso?

— Ninguém me devolveu pulseira alguma... não é possível — disse Páviel Pávlovitch, estremecendo.

— Como não é possível? Será que o sr. Vielhtcháninov não a devolveu?

"Que o diabo o carregue!", pensou Vielhtcháninov.

— De fato — disse ele, em voz alta, com ar sombrio —, Nádiejda Fiedossiéievna encarregou-me hoje de lhe entregar este estojo, Páviel Pávlovitch. Não queria fazer isso; ela, porém, insistiu... Aqui está... Lamento muito...

Tirou o estojo de seu bolso e estendeu-o, com ar embaraçado, a Páviel Pávlovitch, que permanecia estupefato.

— Por que não o devolveu antes? — disse severamente o rapaz, voltando-se para Vielhtcháninov.

— Não tinha tido, na verdade, ocasião — disse este, de mau humor.

– É estranho.
– O quê?
– É no mínimo estranho, convenha... Enfim, quero crer que não há em tudo isso senão um mal-entendido.

Vielhtcháninov sentiu um desejo violento de se levantar no mesmo instante e puxar as orelhas do rapazola, mas disparou, em vez disso, uma estrondosa gargalhada. O rapaz pôs-se a rir imediatamente. Somente Páviel Pávlovitch não ria. Se Vielhtcháninov tivesse reparado no olhar que ele lhe lançou, enquanto os dois riam, teria compreendido que aquele homem se transformava naquele momento em uma fera perigosa... Vielhtcháninov não viu aquele olhar, mas compreendeu que era preciso socorrer Páviel Pávlovitch.

– Escute, sr. Lóbov – disse ele em um tom cordial –, sem julgar o resto do negócio, com o qual não quero me meter, perceba que Páviel Pávlovitch, pedindo a mão de Nádiejda Fiedossiéievna, tem a seu favor, em primeiro lugar, o consentimento daquela honrada família; em segundo lugar, uma posição distinta e considerável e, por fim, uma bela fortuna; que, por conseguinte, está no direito de ficar surpreso com a rivalidade de um homem como o senhor, de um homem admiravelmente dotado, talvez, mas enfim de um homem tão jovem a ponto de ninguém poder tomá-lo por um sério rival... E, por isso, tem razão para lhe pedir que dê o assunto por encerrado.

– O que o senhor entende com esse "tão jovem"? Tenho dezenove anos há um mês. Tenho há muito tempo a idade legal para casamento. É tudo.

– Mas, afinal, que pai se decidiria a dar-lhe hoje sua filha, mesmo se estivesse o senhor destinado a ser mais tarde milionário ou a tornar-se um benfeitor da humanidade? Um homem de dezenove pode apenas responder por si mesmo e o senhor quer, de coração alegre, encarregar-se do futuro de outra criatura, do futuro de uma criança tão criança como o senhor? Pense nisso, não parece de todo nobre. Se me permito falar assim é porque o senhor mesmo, ainda há pouco, me invocou como árbitro entre Páviel Pávlovitch e o senhor.

– Ah! É então Páviel Pávlovitch que ele se chama? – disse o rapaz. – Por que imaginava eu que se tratava de Vassíli Pietróvitch? Na verdade – e voltou-se para Vielhtcháninov –, suas palavras não me surpreendem em absolutamente nada. Sabia que os senhores todos são iguais! E, no entanto, é curioso que me tenham falado do senhor como um homem um tanto moderno... De resto, tudo isso não passa de tolices. A verdade é esta: bem longe de ter me conduzido mal em todo esse negócio, como o senhor bem disse, foi justamente o contrário, como espero que o senhor compreenda. Em primeiro lugar, demos nossa palavra um ao outro; além disso, prometi-lhe formalmente, na presença de duas testemunhas, que se ela viesse a amar um outro, ou se ela se sentisse levada a romper comigo, eu me reconheceria sem hesitar culpado de adultério para lhe fornecer um motivo de divórcio. Não é tudo: como é preciso prever o caso em que eu me desdiria e em que recusaria fornecer-lhe esse motivo, no dia mesmo do casamento, para assegurar seu futuro, eu lhe entregaria uma promissória de cem mil rublos, de modo que, se eu teimasse e faltasse a meus compromissos, ela poderia protestar minha promissória, correndo eu o risco de ser preso! Assim tudo está previsto, não ficando comprometido o futuro de ninguém. É esse o primeiro ponto.

– Aposto que foi Priedposílov que lhe sugeriu essa combinação – disse Vielhtcháninov.

– Ah! ah! ah! – riu sarcasticamente Páviel Pávlovitch.

– O que tanto diverte esse senhor?... O senhor adivinhou: é uma ideia de Priedposílov, e reconheça que é bem pensada. Dessa maneira, nossa absurda legislação torna-se totalmente impotente contra nós. Naturalmente, estou decidido a amá-la para sempre e ela só ri dessas precauções. Mas, enfim, reconheça que tudo isso está hábil e generosamente combinado e que nem todo mundo agiria de tal forma.

— Na minha opinião, o processo não só carece de nobreza, como é totalmente vil.

O rapaz ergueu os ombros.

— Seu sentimento não me surpreende – disse ele, após uma pausa. – Há muito tempo que deixei de me espantar com tudo isso. Priedposílov lhe diria que sua compreensão completa das coisas mais naturais provém do fato de terem sido seus sentimentos e suas ideias completamente pervertidos pela existência ociosa e estúpida que tem levado... De resto, é possível que não nos compreendamos mesmo um ao outro. Contudo, falaram-me do senhor em muito bons termos... O senhor já passou dos cinquenta?

— Se quiser, voltemos ao nosso negócio.

— Desculpe minha indiscrição e não se ofenda... foi sem a menor intenção... Continuo... Não sou o futuro milionário que o senhor teve o prazer de imaginar... o que é uma ideia bastante singular!... Sou o que o senhor vê, mas tenho uma confiança absoluta no meu futuro. Não serei de forma alguma um herói, nem um benfeitor da humanidade, mas assegurarei a subsistência de minha mulher e a minha. Para ser exato, não tenho neste momento um vintém sequer. Fui educado pela família dela desde a minha infância...

— Como assim?

— Sou o filho de um parente distante da sra. Zakhliébinina. Quando fiquei órfão, aos oito anos, recolheram-me em sua casa e, mais tarde, puseram-me no ginásio. O pai é um homem de bem, peço-lhe que o acredite.

— Eu sei.

— Sim, apenas ficou velho, é retrógrado. Aliás, um homem de bem. Há muito tempo que me libertei de sua tutela para ganhar eu mesmo minha vida e nada dever senão a mim.

— Desde quando? – perguntou, com curiosidade, Vielhtcháninov.

— Vai fazer em breve quatro meses.

— Oh! Agora se torna tudo claro: vocês são amigos de infância! E está empregado?

— Sim, tenho um emprego provisório, em um cartório: 25 rublos por mês. Mas devo dizer-lhe que não ganhava nem mesmo isso quando fiz meu pedido. Trabalhava então na estrada de ferro, onde me pagavam dez rublos. Mas tudo isso é provisório.

— Então, o senhor fez seu pedido à família?

— Sim, com todas as formalidades, há muito tempo, há umas três semanas.

— E o que lhe disseram?

— O pai começou rindo às gargalhadas, depois se zangou. Ficou vermelho de raiva. Fecharam Nádiejda em um quarto do sótão. Ela, porém, não fraquejou, mostrou-se heroica. De resto, se não logrei êxito junto ao pai foi porque tem ele velha rixa comigo. Não me perdoa por eu ter abandonado um cargo que me arranjou no ministério onde trabalha, isso há quatro meses, antes de minha entrada para a estrada de ferro. É um velho. Está de miolo mole. Repito: na sua família é simples e encantador; porém, no seu escritório, o senhor nem pode imaginar! Ali se assenta como um Júpiter! Dei-lhe a entender muito claramente que suas maneiras não me agradavam, mas o caso que pôs fogo à pólvora aconteceu por culpa de seu secretário. Esse senhor teve a audácia de ir queixar-se de que eu me mostrara grosseiro para com ele, quando eu somente havia dito que era ele um retrógrado. Mandei-os passear e agora me encontro no cartório.

— Era bem pago no ministério?

— Ah, eu era supranumerário! Era o velho quem me pagava. Repito-o, um homem decente... Mas não somos dos que cedem... Certamente, 25 rublos estão longe de ser suficientes: mas conto que dentro em pouco me contratarão para pôr em ordem os negócios do conde Zaviliéiski. Estão muito complicados. Então terei três mil rublos para começar; é mais do que ganha um advogado. Estão tratando disso agora mesmo... Diabos! Que trovão! A tempestade já se aproxima. Foi uma sorte ter chegado aqui antes que ela rebentasse. Vim de lá a pé, corri quase todo o tempo.

– Desculpe-me, mas então, se não mais o recebem na família, como pôde encontrar-se e conversar com Nádiejda Fiedossiéievna?

– Ora essa! Pode-se conversar por cima do muro. Notou a ruivinha? – perguntou ele, sorrindo. – Pois bem: está completamente do nosso lado. E Mária Nikítichna também. É uma verdadeira serpente aquela Mária Nikítichna... Por que faz essa careta? Tem medo do trovão?

– Não, estou doente, muito doente...

Vielhtcháninov acabava de sentir uma dor súbita no peito. Levantou-se e caminhou pelo quarto.

– Nesse caso, estou incomodando... Não se constranja, vou embora agora mesmo.

E o rapaz levantou-se de seu lugar.

– O senhor não me incomoda, não é nada – disse, muito mansamente, Vielhtcháninov.

– Não é nada, não é nada, como diz Kobílhnikov quando tem dor de barriga... Lembra? Em Chtchedrin.* Gosta de Chtchedrin?

– Sem dúvida!

– Eu também... Pois bem! Vassíli... perdão! Páviel Pávlovitch, acabemos com isso! – retomou ele, voltando-se para Páviel Pávlovitch, muito amavelmente, com um sorriso. – Para que o senhor compreenda melhor, faço-lhe ainda uma vez a pergunta: consente em renunciar amanhã, oficialmente, na presença dos pais e na minha presença, a todas as suas pretensões a Nádiejda Fiedossiéievna?

– Não consinto em nada – disse Páviel Pávlovitch, levantando-se com impaciência e cólera – e peço, ainda uma vez, que me deixe em paz... porque tudo isso não passa de uma infantilidade e de uma tolice.

---

* Mikhail Tevgráfoviteh Saltikov-Chtchedrin (1826-1889). Célebre escritor satírico, deportado por Nikolai e indultado por Alexandre II, quando de sua ascensão ao trono. Suas obras foram traduzidas para vários idiomas em todo o mundo. (N.T.)

— Tome cuidado! — respondeu o rapaz, com um sorriso arrogante, ameaçando-o com o dedo. — Não faça cálculos falsos! Sabe o senhor aonde pode levá-lo um erro semelhante em seus cálculos? Previno-o de que, dentro de nove meses, depois que o senhor tiver despendido muito dinheiro, que tiver tido muitos incômodos, ao voltar, estará certamente obrigado a renunciar espontaneamente a Nádiejda Fiedossiéievna. E se então não renunciar a ela, a situação ficará ruim para o senhor... Eis o que o espera, se o senhor se obstinar!... Devo preveni-lo de que o senhor desempenha atualmente o papel do cão que defende o feno; perdoe, é apenas uma comparação: nem o come, nem deixa os outros comerem! Peço-lhe encarecidamente: reflita, trate de refletir seriamente pelo menos uma vez em sua vida.

— Poupe-me de sua lição de moral! — gritou Páviel Pávlovitch, furioso. — E, quanto às suas confidências comprometedoras, amanhã mesmo tomarei medidas, e medidas radicais!

— Minhas confidências comprometedoras? Que quer dizer com isso? O senhor é que é um indecente, se semelhantes coisas lhe vêm à cabeça. De resto, aguardarei até amanhã, mas se... Bem! Ainda o trovão!... Adeus. Encantado por tê-lo conhecido — disse ele a Vielhtcháninov.

E tratou de sair, apressado em adiantar-se à tempestade e evitar a chuva.

CAPÍTULO XV

AJUSTE DE CONTAS

— Viu? Viu? — exclamou Páviel Pávlovitch, saltando para o lado de Vielhtcháninov, assim que o rapaz saiu.

— Ah, sim! Você não tem sorte! — disse Vielhtcháninov.

Não teria deixado escapar tal frase se não o exasperasse a dor crescente que lhe torturava o peito. Páviel Pávlovitch estremeceu como se sentisse uma queimadura.

— Pois bem, e o seu papel em tudo isso? Foi sem dúvida por compaixão por mim que não me devolveu a pulseira, hein?

— Não tive tempo...

— Foi porque me lamentava de todo o coração, como lamenta um verdadeiro amigo?

— Pois bem, que seja! Eu lamentava – disse Vielhtcháninov, começando a zangar-se.

Entretanto, contou-lhe em algumas palavras como fora forçado a aceitar a pulseira, como Nádiejda Fiedossiéievna o havia constrangido a envolver-se naquele negócio.

— Você há de compreender que eu não queria me encarregar disso de modo algum. Não me faltam aborrecimentos!

— Você se deixou enternecer e aceitou! – riu com escárnio Páviel Pávlovitch.

— Você bem sabe que o que está dizendo é estúpido, mas é preciso perdoá-lo... Viu ainda há pouco que não sou eu quem desempenha o papel principal nessa questão!

— Afinal, não se pode deixar de dizer, você se deixou enternecer.

Páviel Pávlovitch sentou-se e encheu seu copo.

— Imagina que vou ceder meu lugar àquele fedelho? Vou dobrá-lo como a uma palha, eis o que farei! Amanhã mesmo, irei até lá e colocarei tudo em boa ordem. Varreremos todas essas infantilidades...

Bebeu seu copo quase de um trago e serviu-se de outro; agia com uma sem-cerimônia extraordinária.

— Ah! ah! Nádienhka e Sáchenhka, as encantadoras crianças! Ah! ah! ah!

Não se continha mais de raiva. Um violento trovão estrondou, enquanto luzia um relâmpago, e a chuva pôsse a cair copiosamente, torrencialmente. Páviel Pávlovitch levantou-se e foi fechar a janela.

— Ele lhe perguntava ainda há pouco se você tinha medo do trovão! Ah! ah! Vielhtcháninov ter medo do trovão!... E depois seu Kobílhnikov! É mesmo isso, não? Sim, Kobílh-

nikov!... E depois os seus cinquenta anos! Ah! ah! Lembra?
– perguntou Páviel Pávlovitch com ar zombeteiro.

– Você fica instalado aqui – disse Vielhtcháninov, que mal podia falar, tanto sofria –, enquanto eu vou me deitar... Faça o que quiser.

– Não se coloca nem um cão para fora com um tempo desses! – resmungou Páviel Pávlovitch, ferido com a observação e quase encantado por encontrar um pretexto para mostrar-se ofendido.

– Está bem! Fique sentado, beba... passe a noite como quiser! – murmurou Vielhtcháninov. Estendeu-se no divã e gemeu fracamente.

– Passar a noite aqui? Você não tem medo?

– Medo de quê? – perguntou Vielhtcháninov, erguendo bruscamente a cabeça.

– Ora, de quê! Da outra vez teve você um medo tremendo, pelo menos foi o que me pareceu...

– Você é um imbecil! – exclamou Vielhtcháninov, fora de si, e voltou-se para a parede.

– Está bem, não falemos mais disso – disse Páviel Pávlovitch.

Mal o doente se estendeu no divã, adormeceu. Após a superexcitação fictícia que o havia mantido de pé o dia inteiro e naqueles derradeiros dias, estava fraco como uma criança. Mas o mal voltou a dominar e venceu a fadiga e o sono. Ao fim de uma hora, Vielhtcháninov despertou e ergueu-se sobre o divã com gemidos de dor. A tempestade cessara; o quarto estava cheio de fumaça de tabaco, a garrafa estava vazia em cima da mesa, e Páviel Pávlovitch dormia sobre o outro divã. Deitara-se ao comprido; conservara as roupas e as botas. Seu lornhão deslizara de seu bolso e pendia na extremidade de um cordão de seda, quase no chão. Seu chapéu havia rolado no assoalho, próximo dele.

Vielhtcháninov olhou mal-humorado e não o despertou. Levantou-se e andou pelo quarto. Não tinha mais forças para ficar deitado; gemia e pensava com angústia em sua doença.

Tinha medo, não sem motivo. Há muito tempo vinha sofrendo aquelas crises, mas, no começo, voltavam apenas a longos intervalos, ao fim de um ano, de dois anos. Sabia que aquilo provinha do fígado. Começava com uma dor na concavidade do estômago, ou um pouco mais alto, uma dor surda, bastante fraca, mas exasperante. Depois a dor crescia, pouco a pouco, sem descontinuar, por vezes durante dez horas seguidas, e acabava por ter tal violência, por se tornar tão intolerável, que o doente via a morte de perto. Por ocasião da última crise, um ano antes, depois daquela exacerbação progressiva da dor, ficara tão esgotado que mal podia mover a mão; o médico não lhe permitira, durante todo aquele dia, senão um pouco de chá fraco, um pouco de pão mergulhado em um caldo. As crises sobrevinham por motivos muito diferentes, mas sempre apareciam em consequência de abalos nervosos excessivos. Não evoluíam sempre da mesma maneira. Por vezes, conseguia sufocá-las desde o começo, desde a primeira meia hora, pela aplicação de simples compressas quentes; outras vezes, todos os remédios mostravam-se impotentes, e só conseguia acalmar a dor depois de muito tempo à força de vomitivos; da última vez, por exemplo, o médico declarou, depois de tudo, que chegara a pensar em envenenamento.

Agora, ainda faltava muito para o amanhecer, e ele não queria chamar um médico enquanto fosse noite. De resto, não gostava de médicos. Por fim, não se conteve mais e gemeu bem alto. Suas queixas despertaram Páviel Pávlovitch, que se levantou do divã e ficou sentado um momento, amedrontado, escutando e olhando Vielhtcháninov, que corria como um louco pelos quartos. O vinho que bebera produzira tão bem seu efeito que esteve por muito tempo sem atinar o que se passava. Por fim, compreendeu e aproximou-se de Vielhtcháninov, que balbuciou uma resposta.

– É do fígado. Conheço bem isso! – disse Páviel Pávlovitch, com uma vivacidade surpreendente. – Piotr Kuzmitch e Polosúkhin tiveram a mesma coisa e era fígado... É preciso aplicar compressas bem quentes... Pode-se morrer disso! Quer que eu chame Mavra?

– Não vale a pena, não vale a pena! – disse Vielhtcháninov sem forças. – Não necessito de nada.

Mas Páviel Pávlovitch estava, Deus sabe por que, totalmente fora de si, tão transtornado como se se tratasse de salvar seu próprio filho. Não queria ouvir nada e insistiu com ardor: era preciso aplicar compressas quentes e depois engolir vivamente, de um só gole, duas ou três xícaras de chá fraco, tão quente quanto possível, quase fervente. Correu à procura de Mavra sem esperar que Vielhtcháninov lhe desse permissão, trouxe-a à cozinha, fez fogo, acendeu o samovar; ao mesmo tempo, fez o doente se deitar, tirou-lhe a roupa, enrolou-o em um cobertor e, ao fim de vinte minutos, o chá estava pronto e a primeira compressa aquecida.

– Eis o que serve... pratos bem quentes, queimantes! – disse ele com uma solicitude apaixonada, aplicando sobre o peito de Vielhtcháninov um prato enrolado em um guardanapo. – Não temos outras compressas e levaria muito tempo arranjá-las... E pratos, posso garantir-lhe, é ainda o que há de melhor; eu mesmo já fiz a experiência em Piotr Kuzmitch... É que, você sabe, isso pode matar!... Tome, beba este chá, depressa. Tanto pior se se queimar!... Trata-se de salvá-lo, não se trata de andar com cerimônias.

Encontrava Mavra, que estava ainda meio adormecida; mudava os pratos a cada três ou quatro minutos. Após o terceiro prato e a segunda xícara de chá fervente, engolida de um gole só, Vielhtcháninov sentiu-se de repente aliviado.

– Quando dominamos a doença, então, graças a Deus, é bom sinal! – exclamou Páviel Pávlovitch.

E correu alegremente a procurar outro prato e outra xícara de chá.

– O essencial é dominar o mal! O essencial é que consigamos fazê-lo ceder! – repetia ele a cada instante.

Ao final de meia hora, a dor estava totalmente acalmada, mas o doente estava tão extenuado que, apesar das súplicas de Páviel Pávlovitch, recusou-se obstinadamente a deixar aplicar "ainda um pratinho". Seus olhos fechavam-se de fraqueza.

– Dormir! Dormir! – murmurou ele, com voz extinta.
– Sim, sim! – disse Páviel Pávlovitch.
– Deite também... Que horas são?
– Faltam quinze minutos para as duas.
– Deite.
– Sim, sim, vou me deitar.

Um minuto depois, o doente chamou de novo Páviel Pávlovitch, que acorreu e curvou-se sobre ele.

– Oh! você é... você é melhor do que eu!... Obrigado.
– Durma, durma! – disse baixinho Páviel Pávlovitch.

E voltou depressa para seu divã na ponta dos pés.

O doente ouviu-o ainda arranjar com cuidado sua cama, tirar suas roupas, apagar a vela e deitar-se, por sua vez, retendo a respiração para não perturbá-lo.

Vielhtcháninov adormeceu, sem dúvida, logo que a luz se apagou; lembrou-se disso mais tarde muito nitidamente. Porém, durante todo o seu sono, até o momento em que despertou, pareceu-lhe, em sonho, que não dormia e que não podia dormir, apesar de sua extrema fraqueza.

Sonhou que se sentia delirar, que não conseguia afugentar as imagens que se obstinavam em aglomerar-se no seu espírito, embora tivesse plena consciência de que eram visões e não realidade. Reconhecia toda a cena: seu quarto estava cheio de gente, e a porta, na sombra, permanecia aberta; as pessoas entravam em multidão, subiam a escada, em filas cerradas. No meio do quarto, perto da mesa, um homem estava sentado, exatamente como no seu sonho de um mês antes. Da mesma maneira que então, o homem permanecia sentado, de cotovelos sobre a mesa, sem falar, mas desta vez trazia um chapéu envolto em crepe. "Como? Era então Páviel Pávlovitch, também da outra vez?", pensou Vielhtcháninov; contudo, ao observar as feições do homem silencioso, convenceu-se de que era outro. "Mas por que, então, usa crepe?", pensava ele. A multidão comprimida em torno da mesa falava, gritava, e o tumulto era terrível. Aquelas pessoas pareciam mais irritadas contra Vielhtcháninov, mais ameaçadoras do que no outro sonho; estendiam os punhos contra ele e gritavam de modo ensurdecedor. O que elas gritavam, o que queriam, ele não conseguia compreender.

"Tudo isso não passa de delírio!", pensou ele. "Bem sei que não pude adormecer, que me levantei, que estou de pé, porque não podia ficar deitado, tal era a minha dor!..." E, no entanto, os gritos, as pessoas, os gestos, tudo lhe aparecia com tão perfeita nitidez, com tal ar de realidade, que por momentos lhe sobrevinham dúvidas: "Será apenas uma alucinação tudo isto? Que têm, pois, essas pessoas contra mim, meu Deus? Mas... se não é delírio, como é possível que esses gritos não despertem Páviel Pávlovitch? Porque, afinal, ele está dormindo, está ali, no divã!".

Por fim, aconteceu o que acontecera no outro sonho: todos refluíram para a porta e correram para o patamar, mas foram repelidos para o quarto por uma nova multidão que subia. Os recém-chegados traziam alguma coisa, algo de grande e de pesado; ouviam-se ressoar na escada os passos pesados dos carregadores. Rumores subiam, vozes sem fôlego. No quarto, todos gritaram: "Estão trazendo-o! Estão trazendo-o!". Os olhos cintilaram e cravaram-se, ameaçadores, sobre Vielhtcháninov; e, violentamente, com o gesto, apontaram-lhe a escada. Já não duvidava mais de que tudo aquilo fosse não uma alucinação, mas uma realidade; ergueu-se na ponta dos pés para perceber mais depressa, por cima das cabeças, o que traziam. Seu coração batia, batia, batia – e, de repente, exatamente como no outro sonho, três violentas campainhadas retiniram. E de novo eram tão claras, tão precisas, tão distintas, que não era possível que não fossem reais!... Lançou um grito e despertou.

Mas não correu à porta, como da outra vez. Que ideia súbita dirigiu seu primeiro movimento? Foi mesmo uma ideia qualquer que naquele momento o fez agir? Era como se alguém lhe dissesse o que era preciso fazer; vestiu-se rapidamente em cima do leito, lançou-se para frente, diretamente para o divã onde dormia Páviel Pávlovitch, com as mãos estendidas, como para prevenir, repelir um ataque. Suas mãos encontraram outras mãos, estendidas para ele; agarrou-as fortemente; alguém estava ali, de pé, inclinado para ele. As cortinas estavam fechadas, mas a escuridão não era completa; vinha uma fraca luz da peça vizinha, que não tinha cortinas opacas. De repente, uma dor terrível dilacerou-lhe a palma e os dedos da mão esquerda, e ele compreendeu que havia agarrado fortemente com aquela mão a lâmina de uma faca ou de uma navalha. No mesmo momento, ouviu o ruído seco de um objeto que caía no chão.

Vielhtcháninov era pelo menos três vezes mais forte que Páviel Pávlovitch; no entanto, a luta foi longa, durou quatro ou cinco minutos. Por fim, subjugou-o, torceu-lhe as mãos para trás das costas, a fim de amarrá-las imediatamente. Manteve firmemente o assassino com a mão esquerda e, com a outra, procurou alguma coisa que pudesse servir para amarrar: o cordão das cortinas da janela; tateou muito tempo, encontrou-o afinal, arrancou-o. Ficou ele próprio surpreendido, em seguida, com o vigor extraordinário que aquele esforço exigira dele.

Durante aqueles três minutos, nem ele, nem o outro disseram uma só palavra; nada se ouvia além de suas respirações ofegantes e do rumor surdo da luta. Quando conseguiu amarrar as mãos de Páviel Pávlovitch, deixou-o deitado no chão, levantou-se, foi à janela, afastou as cortinas. A rua estava deserta; o dia começava a clarear. Abriu a janela, ficou ali alguns instantes, respirando a plenos pulmões o ar fresco. Era cerca de cinco horas. Tornou a fechar a janela, foi ao armário, pegou um guardanapo e enrolou com ele firmemente a mão esquerda para deter o sangue. Viu a seus pés a navalha aberta sobre o tapete; apanhou-a, enxugou-a, colocou-a na sua bainha, que havia esquecido de manhã sobre uma mesinha próxima ao divã onde Páviel Pávlovitch havia adormecido, e colocou o estojo na sua escrivaninha, que fechou à chave. Depois, aproximou-se de Páviel Pávlovitch e examinou-o.

Conseguira levantar-se com grande esforço e sentar-se em uma cadeira. Não estava nem vestido, nem calçado. Sua camisa estava manchada de sangue, nas costas e nas mangas: era sangue de Vielhtcháninov.

Era certamente Páviel Pávlovitch, mas estava irreconhecível, tão decompostas se achavam suas feições. Estava sentado, com as mãos amarradas atrás das costas, fazendo esforço para manter-se ereto, o rosto devastado, convulso, verde à força de palidez: de tempos em tempos, tremia. Olhava Vielhtcháninov com um olhar fixo, mas extinto, com olhos que não viam. De repente, mostrou um sorriso estúpido e desvairado, designou com um movimento de cabeça a garrafa em cima da mesa e disse, gaguejando baixinho:

– Água...

Vielhtcháninov encheu um copo d'água e deu-lhe de beber. Páviel Pávlovitch aspirava a água avidamente: bebeu três goles, depois levantou a cabeça, olhando fixamente o rosto de Vielhtcháninov, que permanecia de pé, diante dele, com o copo na mão; não disse nada e recomeçou a beber. Quando acabou, respirou profundamente. Vielhtcháninov pegou seu travesseiro, suas roupas, passou para a peça vizinha e fechou Páviel Pávlovitch à chave no quarto onde se encontrava.

Suas dores noturnas haviam cessado por completo, mas sua fraqueza tornou-se extrema depois do prodigioso esforço que acabava de fazer. Tentou refletir sobre o que se tinha passado, mas suas ideias não conseguiam coordenar-se. O abalo fora demasiado forte. Adormeceu, dormiu alguns minutos, depois, de súbito, tremeu da cabeça aos pés, despertou, lembrou-se de tudo; levantou com precaução sua mão esquerda, sempre enrolada no guardanapo úmido de sangue, e pôs-se refletir com uma agitação febril. Um só ponto estava perfeitamente claro para ele: é que Páviel Pávlovitch havia tentado assassiná-lo, mas que talvez pouco antes de dar o golpe ele próprio ignorava que o daria. Talvez a caixa das navalhas lhe tivesse saltado aos olhos, na véspera, à noite, sem que ele tivesse premeditado, e a lembrança daquelas navalhas havia agido em seguida como uma obsessão. (As navalhas, em geral, estavam fechadas à chave na escrivaninha; na véspera, Vielhtcháninov havia usado uma delas e as deixara de fora por esquecimento.)

"Se ele estivesse resolvido a me matar, usaria um punhal ou uma pistola; não podia contar com minhas navalhas, que ainda não tinha visto", pensou ele.

Enfim, soaram as seis horas. Vielhtcháninov voltou a si, vestiu-se e voltou para onde estava Páviel Pávlovitch. Ao abrir a porta, não pôde explicar a si mesmo por que havia fechado Páviel Pávlovitch, por que não o havia posto imediatamente para fora de sua casa. Ficou surpreso por encontrá-lo totalmente vestido. O prisioneiro conseguira desfazer os nós. Estava sentado na poltrona; levantou-se quando Vielhtcháninov entrou. Tinha o chapéu na mão. Seu olhar turvo dizia: "É inútil falar; não há nada a dizer; não adianta falar...".

– Vá! – disse Vielhtcháninov. – Pegue seu estojo – acrescentou.

Páviel Pávlovitch voltou até a mesa, pegou o estojo, meteu-o no bolso e dirigiu-se para a escada. Vielhtcháninov estava de pé, perto da porta, para fechá-la atrás dele. Seus olhares encontraram-se uma última vez. Páviel Pávlovitch parou de repente. Durante cinco segundos, olharam-se frente a frente, olhos nos olhos, como indecisos. Por fim, Vielhtcháninov fez-lhe sinal com a mão.

– Vá! – disse-lhe à meia-voz. E fechou a porta à chave.

CAPÍTULO XVI
ANÁLISE

UM SENTIMENTO DE ALEGRIA inaudita, imensa, encheu-o totalmente; alguma coisa acabava-se, esclarecia-se; um peso tremendo saía de cima dele. Tinha consciência disso. Durara cinco semanas. Ergueu a mão, olhou o guardanapo manchado de sangue e murmurou:

– Não, desta vez está tudo realmente acabado!

E, durante toda aquela manhã, pela primeira vez em três semanas, quase não pensou em Lisa, como se aquele sangue que correra de seus dedos feridos o tivesse ainda libertado daquela outra obsessão.

Compreendia claramente que um terrível perigo o havia ameaçado. "Aquelas pessoas", pensava ele, "no minuto anterior, não sabem se nos matarão ou não, e depois, uma vez que tenham uma faca nas mãos trêmulas e sintam o primeiro jato de sangue nos seus dedos, não lhes basta mais matar, precisam nos cortar a cabeça, simplesmente: *rup*!, como dizem os forçados. É bem assim!"

Não pôde ficar em casa. Era preciso que fizesse alguma coisa logo, ou alguma coisa inevitavelmente aconteceria. Saiu, andou pelas ruas e esperou. Tinha uma vontade extrema de encontrar alguém, de conversar com alguém, mesmo que fosse um desconhecido, e esse desejo deu-lhe a ideia de ver um médico e de fazer um curativo conveniente em sua mão. O médico, a quem conhecia há muito tempo, examinou o ferimento e perguntou-lhe com curiosidade:

– Como aconteceu isso?

Vielhtcháninov respondeu com uma pilhéria, desatou a rir e esteve a ponto de contar tudo, mas conteve-se. O médico tateou-lhe o pulso e, quando soube da crise que ele tivera na noite anterior, deu-lhe imediatamente um calmante que tinha ali à mão. Quanto ao ferimento, tranquilizou-o:

– Garanto-lhe, com toda a certeza, que não terá consequências sérias.

Vielhtcháninov voltou a rir e declarou que as consequências, ao contrário, foram excelentes.

Duas vezes ainda, naquela mesma manhã, foi tomado por um desejo irresistível de contar tudo. Uma vez foi na presença de um homem que lhe era totalmente desconhecido e ao qual dirigiu a palavra em uma pastelaria, ele, que, até aquele dia, jamais pudera conversar com desconhecidos em lugares públicos.

Entrou em uma loja, comprou um jornal, foi à casa de seu alfaiate e encomendou roupas. A ideia de visitar os Pogoriéltsevi continuava a não lhe dar nenhum prazer; não pensava neles e, aliás, não era possível que fosse à casa deles no campo; era preciso que esperasse aqui, na cidade, não sabia o quê.

Jantou com bom apetite, conversou com o garçom e com seu vizinho de mesa e esvaziou meia garrafa de vinho. Nem mesmo pensava em uma possível volta da crise da véspera; estava convencido de que seu mal havia passado completamente no momento em que, apesar de seu estado de fraqueza, havia, após hora e meia de sono, saltado de seu leito e lançado tão vigorosamente ao chão seu assassino.

Ao anoitecer, porém, a cabeça começou a girar-lhe e, por alguns momentos, sentiu subir alguma coisa que se assemelhava ao seu sonho delirante da noite anterior. Voltou para casa assim que o crepúsculo caiu, e seu quarto quase o encheu de terror quando entrou nele. Sentia-se agitado e oprimido. Percorreu várias vezes seu apartamento: chegou inclusive a ir até a cozinha, onde jamais entrava. "Foi aqui que ontem eles aqueceram os pratos", pensou ele. Fechou a porta com ferrolho e, mais cedo que de costume, acendeu as velas. Entretanto, lembrou-se de que, ainda há pouco, passando diante do saguão, chamara Mavra e perguntara-lhe: "Páviel Pávlovitch não veio na minha ausência?", como se, realmente, pudesse ter vindo.

Uma vez trancado cuidadosamente, retirou de sua escrivaninha sua caixa de navalhas e abriu a navalha da noite anterior para examiná-la. No cabo de marfim branco havia ainda algumas gotas de sangue. Repôs a navalha na caixa e tornou a guardá-la na escrivaninha. Desejava dormir: era preciso que se deitasse sem demora; de outro modo, "amanhã não estaria bom para nada". Aquele dia seguinte lhe parecia como um dia destinado a ser de alguma maneira fatal e "definitivo". Os mesmos pensamentos que, durante todo o dia, enquanto andava pelas ruas, não o haviam deixado um só instante invadiram tumultuosamente sua cabeça doente, sem que ele pudesse pôr ordem neles ou afastá-los, e pensou, pensou, pensou, e por muito tempo ainda não conseguiu adormecer.

"Se está definido que ele quis me matar sem premeditação nenhuma", pensou ele, "não teria tido a ideia antes, nem uma só vez, não sonhou nunca com ela em um de seus maus momentos?"

Encontrou uma resposta estranha: "Páviel Pávlovitch queria me matar, mas a ideia do assassinato não surgira sequer uma vez em seu espírito." Mais brevemente: "Páviel Pávlovitch queria me matar, mas não sabia que queria me matar. É incompreensível, mas é assim mesmo", pensou Vielhtcháninov. "Não foi para arranjar um emprego, nem por causa de Bagaútov que veio a Petersburgo – se bem que, uma vez aqui, tenha procurado um emprego e andado à procura de Bagaútov e tenha ficado fora de si quando o outro morreu; a Bagaútov não dava a mínima importância. Foi por minha causa que veio aqui e trouxe Lisa... Eu mesmo esperava algo..."

Respondeu a si mesmo que decididamente sim, que o havia esperado desde o dia em que o vira de carro no enterro de Bagaútov:

"Esperava qualquer coisa, mas naturalmente não isso... que me cortasse o pescoço!...

"Mas era sincero!", exclamou ele ainda, erguendo bruscamente a cabeça do travesseiro e abrindo os olhos, "era sincero tudo aquilo que... aquele louco me dizia ontem sobre sua ternura por mim, enquanto seu queixo tremia e dava murros no peito?

"Era perfeitamente sincero", respondeu ele, aprofundando a análise sem ordem. "Era perfeitamente estúpido e bastante generoso para gostar do amante de sua mulher, de cuja conduta nada teve ele o que dizer durante vinte anos! Estimou-me durante nove anos, prestou homenagem à minha memória e guardou minhas 'expressões' em sua memória. Não é possível que tenha mentido ontem! Não me estimava ontem quando me dizia: 'Ajustemos nossas contas'? Sem dúvida, gostava de mim, enquanto me odiava. Esse amor é de todos o mais forte.

"É possível – é mesmo certo – que lhe causei, em T***, uma impressão prodigiosa, sim, prodigiosa, e que o tenha subjugado. Com uma criatura assim, isso pode muito bem ter acontecido. Fez de mim uma criatura cem vezes maior do que sou porque se sentiu esmagado diante de mim... Teria bastante curiosidade de saber exatamente o quê, em mim, lhe produzia tanto efeito.

"Afinal de contas, é bem possível que sejam minhas luvas novas e a maneira como as usava. As luvas são bastante eficientes para certas almas nobres, sobretudo para almas de 'eternos maridos'. O resto, eles exageram, multiplicam por mil e colocam em nossa defesa se isto nos causa prazer... Como ele admirava meus meios de sedução! É bem possível que seja precisamente isso que lhe tenha causado mais efeito... E seu grito, outro dia: 'Também ele! Mas então não há meio de se fiar em ninguém!' Quando um homem chega a esse ponto, está acabado, não é mais do que uma besta selvagem!...

"Hum! Veio aqui para 'nos beijarmos e chorarmos juntos', como declarou com seu ar velhaco; o que quer dizer que veio para me cortar o pescoço, e que acreditava vir para chorar e me beijar.

"Trouxe Lisa consigo. Sim, se eu tivesse chorado com ele, talvez tivesse me perdoado, porque tinha uma vontade tremenda de perdoar! Tudo isso se transformou, desde o nosso primeiro encontro, em enternecimento de ébrio, em gestos grotescos e em ridículas choradeiras de mulher ofendida. Foi por isso que veio completamente bêbado, para estar, com todas as suas caretas, em condição de falar; não teria conseguido sem estar embriagado... E como gostava de caretas! Que alegria quando me deixei levar àquele beijo!... Somente não sabia ele então se tudo isso acabaria com um beijo ou com uma facada. Pois bem, a solução chegou, a melhor, a verdadeira solução: o beijo e a facada, as duas coisas ao mesmo tempo. É a solução completamente lógica!

"Foi bastante estúpido para me levar a ver sua noiva... Sua noiva! Só mesmo uma criatura como ele poderia ter a ideia de 'renascer para uma vida nova' por esse meio. No entanto, teve dúvidas; precisou da alta sanção de Vielhtcháninov, do homem de quem ele fazia tão grande caso. Era preciso que Vielhtcháninov lhe desse a certeza de que o sonho não era sonho, de que tudo aquilo era real... Levou-me porque me admirava infinitamente, porque tinha uma confiança sem limites na nobreza de meus sentimentos e, quem sabe?, porque esperava que lá, em meio à natureza, nós nos beijaríamos e choraríamos, a dois passos de sua casta noiva.

"Oh, sim! Era preciso que de uma vez por todas aquele 'eterno marido' se vingasse de tudo, e, para se vingar, pegou a navalha... sem premeditação, é verdade, mas afinal pegou-a!... Ele tinha um pensamento oculto quando me contou a história daquele cavalheiro de honra? 'Ainda assim, meteu-lhe a faca no ventre; ainda assim, acabou por dar-lhe uma facada, e na presença do governador!...' E tinha ele, de fato, uma intenção na outra noite, quando se levantou e veio postar-se ali, no meio do quarto? Hum...

"Mas não, era evidentemente para representar uma farsa. Levantara-se sem má intenção e depois, quando viu que eu estava com medo, ficou ali, sem me responder, durante dez minutos, porque o divertia bastante ver que eu tinha medo dele... É bem possível que naquele momento lhe tenha vindo a ideia pela primeira vez, enquanto estava ali, de pé, no escuro.

"Se eu não tivesse esquecido ontem minhas navalhas em cima da mesa... Creio que nada teria acontecido. Evidentemente! Evidentemente! Uma vez que me evitou todo esse tempo! Uma vez que não vinha mais, havia quinze dias, por compaixão de mim! Uma vez que era de Bagaútov e não de mim que queria se vingar!... Uma vez que se levantou, naquela noite, para aquecer os pratos, esperando que o enternecimento afastasse a faca!... Está bem claro, aquecia-os para si mesmo, tanto quanto para mim, aqueles seus pratos!..."

Muito tempo ainda sua cabeça doente trabalhou dessa maneira, tecendo o vácuo, até o momento em que ele adormeceu. Despertou, na manhã seguinte, com a cabeça sempre assim doente, mas sentiu-se presa de um terror novo, imprevisto...

Esse terror vinha da convicção súbita que nele ocorrera de que deveria, ele, Vielhtcháninov, naquele dia, espontaneamente, ir à casa de Páviel Pávlovitch. Por quê? Em vista de quê? Não sabia de nada, não queria saber de nada; o que ele sabia é que iria.

Sua loucura – não encontrava outro nome para aquilo – cresceu a tal ponto que acabou por encontrar para aquela resolução um ar razoável e um pretexto plausível. Já na véspera estivera obcecado pela ideia de que Páviel Pávlovitch, de volta à sua casa, deveria ter se trancado e enforcado, justamente como o comissário de que lhe havia falado Mária Sisóievna. Aquela alucinação da véspera tornara-se pouco a pouco para ele uma certeza absurda, mas invencível. "E por que diabo esse imbecil se enforcou?", perguntava a si mesmo a todo instante. Lembrava-se das palavras de Lisa... "Afinal de contas, no lugar dele, eu também teria me enforcado...", pensou ele uma vez.

Então não pôde mais se conter. Em lugar de ir jantar, dirigiu-se à casa de Páviel Pávlovitch. "Somente perguntarei a Mária Sisóievna", disse a si mesmo. Contudo, assim que chegou diante do portão, deteve-se.

"Vejamos, vejamos!", exclamou ele, confuso e furioso. "Irei arrastar-me até lá para 'nos beijarmos e chorarmos juntos'! Descerei a esse grau de vergonha, a essa baixeza insensata?"

Foi salvo dessa "baixeza insensata" pela Providência, que vela pelos homens decentes. Mal saiu para a rua, deu com Alieksandr Lóbov. O rapaz estava ofegante, muito agitado.

— Ah! Ia justamente à sua casa! Pois bem! É nosso amigo Páviel Pávlovitch!

— Enforcou-se! — murmurou Vielhtcháninov com ar desvairado.

— Como? Enforcou-se?... Mas por quê? — perguntou Lóbov, arregalando os olhos.

— Nada... não preste atenção... Acreditava que... Continue...

— Mas que ideia singular!... Não se enforcou absolutamente! Por que ele teria se enforcado? Pelo contrário, partiu. Acabo de colocá-lo no vagão... Mas como bebe, como bebe! Cantava a plenos pulmões no vagão. Lembrou-se do senhor. Recomendou-me que o cumprimentasse. Ele é um canalha? O que o senhor pensa? Diga-me!

O rapaz estava superexcitado: seu rosto iluminado, seus olhos cintilantes, sua língua pastosa testemunhavam isso. Vielhtcháninov começou a rir desbragadamente.

— Então também eles acabaram por confraternizar! Ah! ah! ah! Beijaram-se e choraram juntos!

— Saiba que ele se despediu lá embaixo, de verdade. Foi lá ontem e hoje também... Denunciou-nos em termos terríveis. Fecharam Nádia no quarto do sótão. Gritos e choro, mas nós não cederemos! Mas como ele bebe! Como ele bebe! Falava todo o tempo a respeito do senhor. Mas que diferença do senhor! O senhor, o senhor é realmente um homem muito decente. Além disso, o senhor fez parte da boa sociedade e, se se vê forçado a manter-se afastado, hoje em dia, é unicamente por pobreza, não é?

— Então foi ele quem disse isso a meu respeito?

— Foi ele, foi ele, mas não se zangue. Ser um bom cidadão vale mais do que fazer parte da alta sociedade. Na minha opinião, não se sabe mais em nossa época, na Rússia, a quem estimar. E convenhamos que é uma terrível calamidade, para uma época, não saber mais a quem estimar... Não é verdade?

– É bastante exato... Mas ele?

– Ele? Ele, quem?... Ah, sim!... Por que diabos dizia ele: "Vielhtcháninov tem cinquenta anos, mas está arruinado"? Por que "mas", em vez de "e"? Ria cordialmente e repetia isso mais de mil vezes. Subiu para o vagão, pôs-se a cantar e chorou... Era simplesmente vergonhoso; era mesmo penoso ver aquele homem embriagado... Ah, não gosto dos imbecis! Além disso, atirava dinheiro aos pobres pelo repouso da alma de Lisa... É a mulher dele, não é?

– Sua filha.

– Que tem o senhor na mão?

– Cortei-me.

– Não é nada, isso passará... Fez ele muito bem indo para o diabo, mas aposto que lá, para onde vai, se casará imediatamente, não acredita?

– Mas o senhor também queria se casar!

– Eu? Oh, mas é outra coisa!... O senhor é engraçado! Se tem cinquenta anos, tem ele uns bons sessenta! E, em semelhante matéria, é preciso lógica, meu *bátiuchka*!... É preciso também que lhe diga, já fui um pan-eslavista convicto, mas agora esperamos a aurora do Ocidente... Adeus! Foi muito bom tê-lo encontrado sem precisar procurá-lo. Não posso subir até sua casa, não insista. Agora é impossível!

E retomou seu caminho

– Ah! Mas onde tenho a cabeça? – disse ele, voltando-se. – Ele me encarregou de lhe entregar uma carta! Aqui está. Por que não o acompanhou à estação?

Vielhtcháninov subiu ao seu apartamento e rasgou o envelope. Dentro do envelope não havia sequer uma linha de Páviel Pávlovitch; nada senão uma carta de outro punho. Vielhtcháninov reconheceu a letra. A carta era antiga, o tempo havia amarelecido o papel, a tinta desbotara. Fora escrita para ele havia dez anos, dois meses após sua partida de T***. Mas não chegara às suas mãos. Não fora enviada. Fora substituída pela outra, compreendeu isso logo.

Naquela carta, Natália Vassílievna dizia-lhe adeus para

sempre, tal como naquela que ele tinha recebido! Declarava-lhe que amava outro, a quem ela não havia revelado que estava grávida. Prometia-lhe, para consolá-lo, confiar-lhe a criança que iria nascer; lembrava-lhe que teriam novos deveres e que, por isso mesmo, a amizade de ambos estaria selada para sempre... Em uma palavra, a carta era muito pouco lógica, mas dizia bastante claramente que era preciso que ele a desembaraçasse de seu amor. Autorizava-o a voltar a T***, ao fim de um ano, para ver a criança. Ela havia refletido e, sabe Deus por que, substituído uma carta pela outra.

Ao ler, Vielhtcháninov tornou-se muito pálido; imaginou Páviel Pávlovitch encontrando aquela carta e lendo-a pela primeira vez, diante daquele cofrezinho de família, o cofrezinho de ébano incrustado de nácar.

"Também ele deve ter ficado pálido como um morto", pensou, verificando sua própria palidez no espelho. "Sim, certamente, quando a leu, deve ter fechado os olhos e depois os abriu de novo bruscamente, na esperança de que a carta se transformasse em um simples papel em branco... Sim, ele deve ter recomeçado três vezes a provação!"

CAPÍTULO XVII

O ETERNO MARIDO

DOIS ANOS DEPOIS, em um belo dia de verão, o sr. Vielhtcháninov estava em um vagão que ia para Odessa a fim de visitar um amigo. Esperava, aliás, que esse amigo o apresentasse a uma mulher bastante interessante, que há muito tempo ele desejava conhecer melhor. Havia mudado bastante, ou, melhor dizendo, havia infinitamente melhorado no decorrer daqueles dois anos. Não lhe restava quase nada de sua antiga hipocondria.

De todas as "recordações" que o haviam torturado dois anos antes, em Petersburgo, durante seu interminável processo, restava-lhe apenas um pouco de confusão quando pensava naquele período de impotência e de pusilanimidade mórbida. Consolava-se dizendo que aquele estado não ocorreria mais e que ninguém jamais saberia de nada.

Sem dúvida, naquela época, havia rompido completamente com o mundo, negligenciara-se, mantivera-se totalmente afastado, o que decerto todos haviam notado. Mas havia reentrado no mundo com uma contrição tão perfeita, e mostrara-se tão renovado, tão seguro de si mesmo, que todos haviam perdoado logo seu sumiço momentâneo. Aqueles mesmos a quem deixara de cumprimentar foram os primeiros a reconhecê-lo e a estender-lhe a mão, sem lhe fazer nenhuma pergunta aborrecida, como se ele tivesse devido simplesmente consagrar-se algum tempo aos seus negócios pessoais, que só a ele interessavam.

A causa principal de sua feliz transformação era, sem dúvida, o resultado de seu processo. Tinham-lhe cabido sessenta mil rublos. Era pouca coisa, evidentemente, mas para ele era muito. Tornava a encontrar-se em terreno sólido; sabia que não iria gastar estupidamente aqueles derradeiros recursos como fizera com os outros e que os pouparia pela duração de sua existência. "Podem eles revirar à sua vontade o edifício social e nos trombetear aos ouvidos tudo o que quiserem", pensava ele por vezes, considerando as coisas belas e excelentes que se realizavam em redor dele e na Rússia inteira, "os homens podem mudar, as ideias também, pouco me importa. Sei que terei sempre à minha disposição um jantarzinho cuidado, como o que saboreio neste momento, e, quanto ao resto, estou bem tranquilo." Esse estilo de espírito burguês e voluptuoso havia transformado pouco a pouco até mesmo sua aparência física: o histérico agitado de outrora havia desaparecido completamente e dera lugar a um novo homem, a um homem alegre, franco, ajuizado. Até mesmo as rugas inquietantes, que começaram a se mostrar naquela época em redor de seus olhos e sobre sua testa, estavam quase apagadas, e sua tez se modificara, tornando-se branca e rosada.

Estava confortavelmente instalado num vagão de primeira classe, e seu espírito fascinado acariciava um pensamento encantador. Havia uma baldeação na estação seguinte. "Tenho de escolher: se deixo a linha direta para baldear à direita, poderei fazer uma visita, duas estações adiante, a uma dama que conheço muito bem, que acaba de chegar do estrangeiro e lá se encontra em uma solidão muito vantajosa para mim, mas bastante entediante para ela. Posso me ocupar de maneira tão interessante como em Odessa, tanto mais que haverá sempre tempo de alcançar em seguida Odessa..." Hesitava ainda e não chegava a uma decisão; esperava a sacudidela súbita que o faria decidir-se. No entanto, a estação estava próxima, e a sacudidela não vinha.

Havia naquela estação uma parada de quarenta minutos, e o jantar era servido aos passageiros. Na porta da sala de espera das primeira e segunda classes havia uma aglomeração de pessoas que se acotovelavam para ver melhor. Sem dúvida, ocorria ali algum escândalo. Uma dama, que descera de um compartimento de segunda classe, muito bonita, mas que se vestia demasiadamente elegante para uma viajante, arrastava quase à força um ulano, um oficial jovem e encantador que procurava libertar-se de suas mãos. O jovem oficial estava completamente embriagado, e a dama, provavelmente uma parenta mais velha do que ele, impedia-o de correr ao botequim para recomeçar a beber. O ulano deu um encontrão, no meio da turba, em um jovem comerciante, também embriagado, a ponto de ter perdido a razão. Aquele jovem comerciante havia dois dias que estava na estação. Ficara lá bebendo e gastando seu dinheiro com camaradas, sem achar tempo de prosseguir sua viagem. Houve uma discussão, o oficial gritou, o comerciante zangou-se, a dama estava desesperada, procurava cortar logo a disputa, arrastar o ulano, gritando-lhe com voz suplicante:

– Mítienhka! Mítienhka!

O jovem comerciante achou aquilo revoltante. Todos riam às gargalhadas, mas ele se julgava profundamente ofendido em sua dignidade.

– Ora essa! "Mítienhka!" – disse ele macaqueando a vozinha aguda e suplicante da dama. – Não tem vergonha diante do povo!

A dama deixara-se cair sobre uma cadeira e conseguira fazer o ulano sentar-se junto dela; o jovem comerciante aproximou-se, cambaleando, olhou-os com um ar de desprezo e berrou uma injúria.

A dama lançou gritos dilacerantes e olhou em torno de si, angustiada, para ver se alguém viria em seu socorro. Estava envergonhada e aterrorizada. Para piorar a situação, o oficial levantou-se de sua cadeira, vociferou ameaças, quis lançar-se ao comerciante, escorregou e tornou a cair para trás sobre sua cadeira. As risadas aumentaram, mas ninguém correu em auxílio deles. O salvador foi Vielhtcháninov. Pegou o comerciante pela gola, fê-lo girar sobre si mesmo e atirou-o rolando a dez passos da jovem mulher apavorada. Foi o fim do escândalo: o jovem comerciante, subitamente acalmado pela sacudidela e pela inquietante estatura de Vielhtcháninov, deixou-se levar por seus camaradas. O porte imponente daquele senhor tão bem-vestido tivera seu efeito sobre os que riam: cessaram as risadas. A dama, toda enrubescida, com lágrimas nos olhos, exprimiu-lhe com efusão seu reconhecimento. O ulano gaguejou: "Obrigado! Obrigado!" e quis estender a mão a Vielhtcháninov, mas mudou de ideia, deitou-se sobre duas cadeiras e estirou os pés.

– Mítienhka! – gemeu a dama, com um gesto de horror.

Vielhtcháninov estava bastante satisfeito com a aventura e seu resultado. A dama interessava-o; era evidentemente uma provinciana abastada, trajada sem gosto, mas com galanteria, de maneiras um pouco ridículas – tudo o que é preciso para dar boa esperança a um desocupado da capital que tem uma mulher de olho. Conversaram. A dama contou-lhe a história com ardor, queixou-se de seu marido, "que havia de repente desaparecido e que era a causa de tudo... Desaparecia sempre no momento em que se tinha necessidade dele..."

– Ele foi... – gaguejou o ulano.
– Oh! Vamos, Mítienhka! – interrompeu ela, suplicante.
"Bem! Cuidado com o marido!", pensou Vielhtcháninov.
– Como se chama ele? – perguntou bem alto. – Irei procurá-lo.
– ...Pá...l Pá... litch – balbuciou o ulano.
– Seu marido se chama Páviel Pávlovitch? – perguntou curiosamente Vielhtcháninov.

No mesmo momento, a cabeça calva que ele conhecia muito bem surgiu entre ele e a dama. Em um instante, reviu o jardim dos Zakhliébinini, os inocentes jogos, a insuportável cabeça calva que se interpunha sempre entre ele e Nádiejda Fiedossiéievna.

– Ah! Surgiu, afinal! – gritou a jovem senhora em tom colérico.

Era Páviel Pávlovitch em pessoa. Olhou Vielhtcháninov com estupefação e terror, ficando petrificado como diante de um fantasma. Sua perturbação foi tal que, durante um bom momento, não ouviu ele nada das censuras violentas que sua mulher dirigia-lhe com extrema vivacidade. Por fim compreendeu, viu o que o ameaçava e tremeu.

– Sim, a culpa é sua, e esse senhor – designava assim Vielhtcháninov – foi para nós um anjo salvador, e você, você está sempre ausente quando se tem necessidade de você.

Vielhtcháninov disparou a rir.

– Mas nós somos velhos amigos, amigos de infância! – exclamou ele, olhando a dama estupefata e pousando familiarmente, com um gesto protetor, sua mão direita sobre o ombro de Páviel Pávlovitch, que sorria vagamente, muito pálido. – Nunca lhe falou de Vielhtcháninov?

– Não, nunca – disse ela depois de ter procurado se lembrar.

– Neste caso, apresente-me à sua mulher, meu esquecido amigo!

– De fato, minha querida Lípotchka, o sr. Vielhtcháninov, aqui presente...

Atrapalhou-se, perdeu-se, não pôde continuar. Sua mulher, enrubescida, olhava-o furiosa, certamente porque ele havia a chamado de Lípotchka.

– E imagine a senhora que ele nem mesmo me participou seu casamento nem me convidou para as bodas. Mas rogo-lhe, Olimpíada...

– Siemiônovna – terminou Páviel Pávlovitch.

– Siemiônovna – repetiu, de súbito, o ulano adormecido.

– Rogo-lhe, Olimpíada Siemiônovna, perdoe-o, faça-me este obséquio, em nome de nosso encontro... É um excelente marido!

E Vielhtcháninov bateu cordialmente no ombro de Páviel Pávlovitch.

– Afastei-me, querida, por um minuto apenas – disse Páviel Pávlovitch para se desculpar.

– E deixou que sua mulher fosse insultada! – interrompeu Lípotchka. – Quando se tem necessidade de você, você nunca está e, quando não se tem necessidade, você está.

– Sim! Sim! Quando não se tem necessidade dele, ele está, quando não se tem necessidade... – apoiou o ulano.

Lípotchka sufocava de raiva. Sentia que aquilo não estava bem diante de Vielhtcháninov e corava, mas não podia conter-se.

– Quando não é preciso, você procede com demasiada cautela, com demasiada... – deixou ela escapar.

– Até debaixo da cama... procura ele amantes... até debaixo da cama... quando não é preciso, quando não é preciso – gritou Mítienhka, que se animava por sua vez.

Mas ninguém prestava atenção a Mítienhka.

Acabou tudo por se acalmar. As apresentações tornaram-se mais completas. Mandaram Páviel Pávlovitch buscar café e caldo. Olimpíada Semiônovna explicou a Vielhtcháninov que eles estavam vindo de O***, onde seu marido era funcionário, e iam passar dois meses no campo, não muito longe, a quarenta verstas daquela estação; tinham lá uma bela casa e um jardim, onde recebiam, tinham vizinhos e, se Alieksiéi Ivânovitch fosse bastante amável para ir visitá-los "em sua solidão", ela o acolheria "como seu anjo da guarda", porque não podia pensar sem terror no que teria acontecido se... etc. etc., em resumo, "como seu anjo da guarda...".

– Sim, como um salvador – apoiou calorosamente o ulano.

Vielhtcháninov agradeceu, declarou que ficaria encantado, que, aliás, dispunha de tempo, não estando preso a nenhuma ocupação, e que o convite de Olimpíada Semiônovna agradava-o infinitamente. Depois conversou com muita alegria e fez dois ou três cumprimentos muito a propósito. Lípotchka enrubesceu de prazer. Quando Páviel Pávlovitch voltou, ela anunciou, com muito entusiasmo, que Alieksiéi Ivânovitch tivera a amabilidade de aceitar seu convite, que passaria com eles um mês inteiro no campo e que prometera aparecer dentro de uma semana. Páviel Pávlovitch sorriu com ar desesperado e não disse nada. Olimpíada Semiônovna ergueu os ombros e olhou para o céu. Afinal, separaram-se: houve ainda agradecimentos, de novo "o anjo da guarda, o salvador", de novo "Mítienhka", depois Páviel Pávlovitch reconduziu a mulher e o ulano a seu vagão. Vielhtcháninov acendeu um charuto e ficou passeando pela plataforma, de um lado para outro, aguardando a partida. Pensava que Páviel Pávlovitch apareceria para conversar até o último momento. Foi o que aconteceu. Páviel Pávlovitch plantou-se diante dele, os olhos, a fisionomia repleta de perguntas ansiosas. Vielhtcháninov sorriu, tomou-lhe amigavelmente o braço, levou-o até um banco vizinho, sentou-se, fê-lo sentar-se a seu lado. Não disse nada. Queria que Páviel Pávlovitch começasse.

– Então, você virá nos visitar? – perguntou ele, de repente, indo direto à questão.

– Tinha certeza! Ah! Você é sempre o mesmo! – disse Vielhtcháninov, sorrindo. – Diga-me – continuou, batendo-lhe no ombro, – pôde você crer por um só instante que eu iria, de fato, pedir-lhe hospitalidade e por um mês inteiro? Ah! ah! ah!

Páviel Pávlovitch estava radiante de alegria.

– Então você não irá? – exclamou ele.

– Não, não irei, não irei! – disse Vielhtcháninov, com um sorriso jovial.

Não compreendia por que tudo aquilo lhe parecia prodigiosamente cômico, e tanto mais o divertia quanto mais se prolongava.

– De verdade?... Fala seriamente?

E Páviel Pávlovitch teve um sobressalto de impaciência e de inquietação.

– Já lhe disse que não irei. Que sujeito engraçado você é!

– Mas, então, o que direi? Como explicarei a Olimpíada Semiônovna, no fim da semana, quando ela verificar que você não chega, quando estiver à sua espera?

– Ora, que dificuldade! Dirá que quebrei a perna ou coisa que o valha!

– Ela não acreditará nisso! – disse Páviel Pávlovitch, com voz gemente.

– E ela brigará com você, não é? – continuou Vielhtcháninov, sempre sorridente. – Mas, na verdade, meu pobre amigo, parece-me que você treme diante de sua encantadora esposa, não é?

Páviel Pávlovitch fez o que pôde para sorrir, mas não conseguiu. Que Vielhtcháninov tivesse prometido não ir, estava muito bem, mas que se permitisse pilheriar tão familiarmente a respeito de sua mulher, isso era inadmissível. Páviel Pávlovitch fechou a cara. Vielhtcháninov percebeu. Entretanto, acabava de soar o segundo sinal do sino; uma vozinha aguda saiu de um vagão, chamando impacientemente Páviel Pávlovitch. Este se agitou no lugar, mas não atendeu ainda ao chamado. Era claro que esperava ainda algo de Vielhtcháninov; sem dúvida alguma, uma nova promessa de que não iria.

— De que família é sua mulher? – perguntou Vielhtcháninov, como se não se desse conta da inquietação de Páviel Pávlovitch.

— É a filha do nosso *pope* – respondeu o outro, olhando com jeito inquieto para seu vagão.

— Sim, entendo, foi por causa de sua beleza que você casou com ela.

Páviel Pávlovitch fechou a cara de novo.

— E quem é esse Mítienhka?

— É um parente meu, afastado, o filho de uma prima-irmã que morreu. Chama-se Golubtchíkov.* Expulsaram-no do exército por causa de uma história; acaba de ser readmitido. Fomos nós que o equipamos... É um pobre rapaz que não teve sorte...

"É bem isso, totalmente isso: tudo aí está", pensou Vielhtcháninov.

— Páviel Pávlovitch! – chamou de novo a voz que vinha do vagão, mas desta vez num tom mais agudo.

— Pá... el Pá...litch! – repetiu outra vez, uma voz de ébrio. Páviel Pávlovitch agitou-se, mexeu-se, mas Vielhtcháninov agarrou-o vivamente pelo braço e manteve-o imóvel.

— Quer que eu vá agora mesmo contar à sua mulher que você quis me matar, hein?

— O quê? Como? – disse Páviel Pávlovitch completamente apavorado. – Deus me livre disso!

— Páviel Pávlovitch! Páviel Pávlovitch! – gritou de novo a voz.

— Pois bem, pode ir agora! – disse Vielhtcháninov, largando-o; ria com cordialidade.

— Então você não irá? – murmurou uma derradeira vez Páviel Pávlovitch, desesperado, as mãos juntas, como outrora.

— Juro-lhe que não! Vamos, corra, ou vai haver barulho!

Estendeu-lhe cordialmente a mão, mas estremeceu: Páviel Pávlovitch não a tomava e retirava a sua.

---

* Nome inventado. *Degolubtchik*: pombo. (N.T.)

O sino soou pela terceira vez.

Passou entre eles, de súbito, algo de estranho, estavam como que transformados. Vielhtcháninov não ria mais; sentia em si um frêmito, um dilaceramento brusco. Agarrou Páviel Pávlovitch pelos ombros violentamente, brutalmente.

– E se eu lhe estendo esta mão – mostrou-lhe a palma de sua mão esquerda, onde se via ainda a comprida cicatriz do ferimento –, você não deve recusá-la! – disse ele baixinho, com os lábios pálidos e trêmulos.

Páviel Pávlovitch ficou lívido e tremeu; suas feições convulsionaram-se.

– E Lisa? – disse ele, com uma voz surda, precipitadamente. De repente, seus lábios, sua face e seu queixo tremeram, e lágrimas brotaram de seus olhos. Vielhtcháninov permanecia de pé, diante dele, como petrificado.

– Páviel Pávlovitch! Páviel Pávlovitch!

Desta vez era um urro, como se tivessem estrangulado alguém. Repercutiu um apito.

Páviel Pávlovitch voltou a si e correu desabaladamente. O trem punha-se em movimento. Conseguiu agarrar a portinhola e saltar para dentro do vagão.

Vielhtcháninov ficou ali até a noite, depois retomou sua viagem interrompida. Não baldeou para a direita, não foi ver a dama que conhecia; não tinha mais disposição para isso. E lamentou mais tarde!

Coleção L&PM POCKET
ÚLTIMOS LANÇAMENTOS

701. **Apologia de Sócrates** *precedido de* **Êutifron** e *seguido de* **Críton** – Platão
702. **Wood & Stock** – Angeli
703. **Striptiras (3)** – Laerte
704. **Discurso sobre a origem e os fundamentos da desigualdade entre os homens** – Rousseau
705. **Os duelistas** – Joseph Conrad
706. **Dilbert (2)** – Scott Adams
707. **Viver e escrever** (vol. 1) – Edla van Steen
708. **Viver e escrever** (vol. 2) – Edla van Steen
709. **Viver e escrever** (vol. 3) – Edla van Steen
710. **A teia da aranha** – Agatha Christie
711. **O banquete** – Platão
712. **Os belos e malditos** – F. Scott Fitzgerald
713. **Libelo contra a arte moderna** – Salvador Dalí
714. **Akropolis** – Valerio Massimo Manfredi
715. **Devoradores de mortos** – Michael Crichton
716. **Sob o sol da Toscana** – Frances Mayes
717. **Batom na cueca** – Nani
718. **Vida dura** – Claudia Tajes
719. **Carne trêmula** – Ruth Rendell
720. **Cris, a fera** – David Coimbra
721. **O anticristo** – Nietzsche
722. **Como um romance** – Daniel Pennac
723. **Emboscada no Forte Bragg** – Tom Wolfe
724. **Assédio sexual** – Michael Crichton
725. **O espírito do Zen** – Alan W. Watts
726. **Um bonde chamado desejo** – Tennessee Williams
727. **Como gostais** *seguido de* **Conto de inverno** – Shakespeare
728. **Tratado sobre a tolerância** – Voltaire
729. **Snoopy: Doces ou travessuras? (7)** – Charles Schulz
730. **Cardápios do Anonymus Gourmet** – J.A. Pinheiro Machado
731. **100 receitas com lata** – J.A. Pinheiro Machado
732. **Conhece o Mário?** vol.2 – Santiago
733. **Dilbert (3)** – Scott Adams
734. **História de um louco amor** *seguido de* **Passado amor** – Horacio Quiroga
735(11). **Sexo: muito prazer** – Laura Meyer da Silva
736(12). **Para entender o adolescente** – Dr. Ronald Pagnoncelli
737(13). **Desembarcando da tristeza** – Dr. Fernando Lucchese
738. **Poirot e o mistério da arca espanhola & outras histórias** – Agatha Christie
739. **A última legião** – Valerio Massimo Manfredi
741. **Sol nascente** – Michael Crichton
742. **Duzentos ladrões** – Dalton Trevisan
743. **Os devaneios do caminhante solitário** – Rousseau
744. **Garfield, o rei da preguiça (10)** – Jim Davis
745. **Os magnatas** – Charles R. Morris
746. **Pulp** – Charles Bukowski
747. **Enquanto agonizo** – William Faulkner
748. **Aline: viciada em sexo (3)** – Adão Iturrusgarai
749. **A dama do cachorrinho** – Anton Tchékhov
750. **Tito Andrônico** – Shakespeare
751. **Antologia poética** – Anna Akhmátova
752. **O melhor de Hagar 6** – Dik e Chris Browne
753(12). **Michelangelo** – Nadine Sautel
754. **Dilbert (4)** – Scott Adams
755. **O jardim das cerejeiras** *seguido de* **Tio Vânia** – Tchékhov
756. **Geração Beat** – Claudio Willer
757. **Santos Dumont** – Alcy Cheuiche
758. **Budismo** – Claude B. Levenson
759. **Cleópatra** – Christian-Georges Schwentzel
760. **Revolução Francesa** – Frédéric Bluche, Stéphane Rials e Jean Tulard
761. **A crise de 1929** – Bernard Gazier
762. **Sigmund Freud** – Edson Sousa e Paulo Endo
763. **Império Romano** – Patrick Le Roux
764. **Cruzadas** – Cécile Morrisson
765. **O mistério do Trem Azul** – Agatha Christie
768. **Senso comum** – Thomas Paine
769. **O parque dos dinossauros** – Michael Crichton
770. **Trilogia da paixão** – Goethe
773. **Snoopy: No mundo da lua! (8)** – Charles Schulz
774. **Os Quatro Grandes** – Agatha Christie
775. **Um brinde de cianureto** – Agatha Christie
776. **Súplicas atendidas** – Truman Capote
779. **A viúva imortal** – Millôr Fernandes
780. **Cabala** – Roland Goetschel
781. **Capitalismo** – Claude Jessua
782. **Mitologia grega** – Pierre Grimal
783. **Economia: 100 palavras-chave** – Jean-Paul Betbèze
784. **Marxismo** – Henri Lefebvre
785. **Punição para a inocência** – Agatha Christie
786. **A extravagância do morto** – Agatha Christie
787(13). **Cézanne** – Bernard Fauconnier
788. **A identidade Bourne** – Robert Ludlum
789. **Da tranquilidade da alma** – Sêneca
790. **Um artista da fome** *seguido de* **Na colônia penal e outras histórias** – Kafka
791. **Histórias de fantasmas** – Charles Dickens
796. **O Uraguai** – Basílio da Gama
797. **A mão misteriosa** – Agatha Christie
798. **Testemunha ocular do crime** – Agatha Christie
799. **Crepúsculo dos ídolos** – Friedrich Nietzsche
802. **O grande golpe** – Dashiell Hammett
803. **Humor barra pesada** – Nani
804. **Vinho** – Jean-François Gautier
805. **Egito Antigo** – Sophie Desplancques

806(14).**Baudelaire** – Jean-Baptiste Baronian
807.**Caminho da sabedoria, caminho da paz** – Dalai Lama e Felizitas von Schönborn
808.**Senhor e servo e outras histórias** – Tolstói
809.**Os cadernos de Malte Laurids Brigge** – Rilke
810.**Dilbert (5)** – Scott Adams
811.**Big Sur** – Jack Kerouac
812.**Seguindo a correnteza** – Agatha Christie
813.**O álibi** – Sandra Brown
814.**Montanha-russa** – Martha Medeiros
815.**Coisas da vida** – Martha Medeiros
816.**A cantada infalível** *seguido de* **A mulher do centroavante** – David Coimbra
819.**Snoopy: Pausa para a soneca (9)** – Charles Schulz
820.**De pernas pro ar** – Eduardo Galeano
821.**Tragédias gregas** – Pascal Thiercy
822.**Existencialismo** – Jacques Colette
823.**Nietzsche** – Jean Granier
824.**Amar ou depender?** – Walter Riso
825.**Darmapada: A doutrina budista em versos**
826.**J'Accuse...!** (4) – **a verdade em marcha** – Zola
827.**Os crimes ABC** – Agatha Christie
828.**Um gato entre os pombos** – Agatha Christie
831.**Dicionário de teatro** – Luiz Paulo Vasconcellos
832.**Cartas extraviadas** – Martha Medeiros
833.**A longa viagem de prazer** – J. J. Morosoli
834.**Receitas fáceis** – J. A. Pinheiro Machado
835.(14).**Mais fatos & mitos** – Dr. Fernando Lucchese
836.(15).**Boa viagem!** – Dr. Fernando Lucchese
837.**Aline: Finalmente nua!!!** (4) – Adão Iturrusgarai
838.**Mônica tem uma novidade!** – Mauricio de Sousa
839.**Cebolinha em apuros!** – Mauricio de Sousa
840.**Sócios no crime** – Agatha Christie
841.**Bocas do tempo** – Eduardo Galeano
842.**Orgulho e preconceito** – Jane Austen
843.**Impressionismo** – Dominique Lobstein
844.**Escrita chinesa** – Viviane Alleton
845.**Paris: uma história** – Yvan Combeau
846(15).**Van Gogh** – David Haziot
848.**Portal do destino** – Agatha Christie
849.**O futuro de uma ilusão** – Freud
850.**O mal-estar na cultura** – Freud
853.**Um crime adormecido** – Agatha Christie
854.**Satori em Paris** – Jack Kerouac
855.**Medo e delírio em Las Vegas** – Hunter Thompson
856.**Um negócio fracassado e outros contos de humor** – Tchékhov
857.**Mônica está de férias!** – Mauricio de Sousa
858.**De quem é esse coelho?** – Mauricio de Sousa
860.**O mistério Sittaford** – Agatha Christie
861.**Manhã transfigurada** – L. A. de Assis Brasil
862.**Alexandre, o Grande** – Pierre Briant
863.**Jesus** – Charles Perrot
864.**Islã** – Paul Balta
865.**Guerra da Secessão** – Farid Ameur
866.**Um rio que vem da Grécia** – Cláudio Moreno
868.**Assassinato na casa do pastor** – Agatha Christie
869.**Manual do líder** – Napoleão Bonaparte
870(16).**Billie Holiday** – Sylvia Fol
871.**Bidu arrasando!** – Mauricio de Sousa
872.**Os Sousa: Desventuras em família** – Mauricio de Sousa
874.**E no final a morte** – Agatha Christie
875.**Guia prático do Português correto – vol. 4** – Cláudio Moreno
876.**Dilbert (6)** – Scott Adams
877(17).**Leonardo da Vinci** – Sophie Chauveau
878.**Bella Toscana** – Frances Mayes
879.**A arte da ficção** – David Lodge
880.**Striptiras (4)** – Laerte
881.**Skrotinhos** – Angeli
882.**Depois do funeral** – Agatha Christie
883.**Radicci 7** – Iotti
884.**Walden** – H. D. Thoreau
885.**Lincoln** – Allen C. Guelzo
886.**Primeira Guerra Mundial** – Michael Howard
887.**A linha de sombra** – Joseph Conrad
888.**O amor é um cão dos diabos** – Bukowski
890.**Despertar: uma vida de Buda** – Jack Kerouac
891(18).**Albert Einstein** – Laurent Ocksik
892.**Hell's Angels** – Hunter Thompson
893.**Ausência na primavera** – Agatha Christie
894.**Dilbert (7)** – Scott Adams
895.**Ao sul de lugar nenhum** – Bukowski
896.**Maquiavel** – Quentin Skinner
897.**Sócrates** – C.C.W. Taylor
899.**O Natal de Poirot** – Agatha Christie
900.**As veias abertas da América Latina** – Eduardo Galeano
901.**Snoopy: Sempre alerta! (10)** – Charles Schulz
902.**Chico Bento: Plantando confusão** – Mauricio de Sousa
903.**Penadinho: Quem é morto sempre aparece** – Mauricio de Sousa
904.**A vida sexual da mulher feia** – Claudia Tajes
905.**100 segredos de liquidificador** – José Antonio Pinheiro Machado
906.**Sexo muito prazer 2** – Laura Meyer da Silva
907.**Os nascimentos** – Eduardo Galeano
908.**As caras e as máscaras** – Eduardo Galeano
909.**O século do vento** – Eduardo Galeano
910.**Poirot perde uma cliente** – Agatha Christie
911.**Cérebro** – Michael O'Shea
912.**O escaravelho de ouro e outras histórias** – Edgar Allan Poe
913.**Piadas para sempre (4)** – Visconde da Casa Verde
914.**100 receitas de massas light** – Helena Tonetto
915(19).**Oscar Wilde** – Daniel Salvatore Schiffer
916.**Uma breve história do mundo** – H. G. Wells
917.**A Casa do Penhasco** – Agatha Christie

919. **John M. Keynes** – Bernard Gazier
920.(20). **Virginia Woolf** – Alexandra Lemasson
921. **Peter e Wendy** seguido de **Peter Pan em Kensington Gardens** – J. M. Barrie
922. **Aline: numas de colegial (5)** – Adão Iturrusgarai
923. **Uma dose mortal** – Agatha Christie
924. **Os trabalhos de Hércules** – Agatha Christie
926. **Kant** – Roger Scruton
927. **A inocência do Padre Brown** – G.K. Chesterton
928. **Casa Velha** – Machado de Assis
929. **Marcas de nascença** – Nancy Huston
930. **Aulete de bolso**
931. **Hora Zero** – Agatha Christie
932. **Morte na Mesopotâmia** – Agatha Christie
934. **Nem te conto, João** – Dalton Trevisan
935. **As aventuras de Huckleberry Finn** – Mark Twain
936.(21). **Marilyn Monroe** – Anne Plantagenet
937. **China moderna** – Rana Mitter
938. **Dinossauros** – David Norman
939. **Louca por homem** – Claudia Tajes
940. **Amores de alto risco** – Walter Riso
941. **Jogo de damas** – David Coimbra
942. **Filha é filha** – Agatha Christie
943. **M ou N?** – Agatha Christie
945. **Bidu: diversão em dobro!** – Mauricio de Sousa
946. **Fogo** – Anaïs Nin
947. **Rum: diário de um jornalista bêbado** – Hunter Thompson
948. **Persuasão** – Jane Austen
949. **Lágrimas na chuva** – Sergio Faraco
950. **Mulheres** – Bukowski
951. **Um pressentimento funesto** – Agatha Christie
952. **Cartas na mesa** – Agatha Christie
954. **O lobo do mar** – Jack London
955. **Os gatos** – Patricia Highsmith
956.(22). **Jesus** – Christiane Rancé
957. **História da medicina** – William Bynum
958. **O Morro dos Ventos Uivantes** – Emily Brontë
959. **A filosofia na era trágica dos gregos** – Nietzsche
960. **Os treze problemas** – Agatha Christie
961. **A massagista japonesa** – Moacyr Scliar
963. **Humor do miserê** – Nani
964. **Todo o mundo tem dúvida, inclusive você** – Édison de Oliveira
965. **A dama do Bar Nevada** – Sergio Faraco
969. **O psicopata americano** – Bret Easton Ellis
970. **Ensaios de amor** – Alain de Botton
971. **O grande Gatsby** – F. Scott Fitzgerald
972. **Por que não sou cristão** – Bertrand Russell
973. **A Casa Torta** – Agatha Christie
974. **Encontro com a morte** – Agatha Christie
975.(23). **Rimbaud** – Jean-Baptiste Baronian
976. **Cartas na rua** – Bukowski
977. **Memória** – Jonathan K. Foster
978. **A abadia de Northanger** – Jane Austen
979. **As pernas de Úrsula** – Claudia Tajes
980. **Retrato inacabado** – Agatha Christie
981. **Solanin (1)** – Inio Asano
982. **Solanin (2)** – Inio Asano
983. **Aventuras de menino** – Mitsuru Adachi
984.(16). **Fatos & mitos sobre sua alimentação** – Dr. Fernando Lucchese
985. **Teoria quântica** – John Polkinghorne
986. **O eterno marido** – Fiódor Dostoiévski
987. **Um safado em Dublin** – J. P. Donleavy
988. **Mirinha** – Dalton Trevisan
989. **Akhenaton e Nefertiti** – Carmen Seganfredo e A. S. Franchini
990. **On the Road – o manuscrito original** – Jack Kerouac
991. **Relatividade** – Russell Stannard
992. **Abaixo de zero** – Bret Easton Ellis
993.(24). **Andy Warhol** – Mériam Korichi
995. **Os últimos casos de Miss Marple** – Agatha Christie
996. **Nico Demo: Aí vem encrenca** – Mauricio de Sousa
998. **Rousseau** – Robert Wokler
999. **Noite sem fim** – Agatha Christie
1000. **Diários de Andy Warhol (1)** – Editado por Pat Hackett
1001. **Diários de Andy Warhol (2)** – Editado por Pat Hackett
1002. **Cartier-Bresson: o olhar do século** – Pierre Assouline
1003. **As melhores histórias da mitologia: vol. 1** – A.S. Franchini e Carmen Seganfredo
1004. **As melhores histórias da mitologia: vol. 2** – A.S. Franchini e Carmen Seganfredo
1005. **Assassinato no beco** – Agatha Christie
1006. **Convite para um homicídio** – Agatha Christie
1008. **História da vida** – Michael J. Benton
1009. **Jung** – Anthony Stevens
1010. **Arsène Lupin, ladrão de casaca** – Maurice Leblanc
1011. **Dublinenses** – James Joyce
1012. **120 tirinhas da Turma da Mônica** – Mauricio de Sousa
1013. **Antologia poética** – Fernando Pessoa
1014. **A aventura de um cliente ilustre** seguido de **O último adeus de Sherlock Holmes** – Sir Arthur Conan Doyle
1015. **Cenas de Nova York** – Jack Kerouac
1016. **A corista** – Anton Tchékhov
1017. **O diabo** – Leon Tolstói
1018. **Fábulas chinesas** – Sérgio Capparelli e Márcia Schmaltz
1019. **O gato do Brasil** – Sir Arthur Conan Doyle
1020. **Missa do Galo** – Machado de Assis
1021. **O mistério de Marie Rogêt** – Edgar Allan Poe
1022. **A mulher mais linda da cidade** – Bukowski
1023. **O retrato** – Nicolai Gogol

1024. **O conflito** – Agatha Christie
1025. **Os primeiros casos de Poirot** – Agatha Christie
1027(25). **Beethoven** – Bernard Fauconnier
1028. **Platão** – Julia Annas
1029. **Cleo e Daniel** – Roberto Freire
1030. **Til** – José de Alencar
1031. **Viagens na minha terra** – Almeida Garrett
1032. **Profissões para mulheres e outros artigos feministas** – Virginia Woolf
1033. **Mrs. Dalloway** – Virginia Woolf
1034. **O cão da morte** – Agatha Christie
1035. **Tragédia em três atos** – Agatha Christie
1037. **O fantasma da Ópera** – Gaston Leroux
1038. **Evolução** – Brian e Deborah Charlesworth
1039. **Medida por medida** – Shakespeare
1040. **Razão e sentimento** – Jane Austen
1041. **A obra-prima ignorada** *seguido de* **Um episódio durante o Terror** – Balzac
1042. **A fugitiva** – Anaïs Nin
1043. **As grandes histórias da mitologia greco-romana** – A. S. Franchini
1044. **O corno de si mesmo & outras historietas** – Marquês de Sade
1045. **Da felicidade** *seguido de* **Da vida retirada** – Sêneca
1046. **O horror em Red Hook e outras histórias** – H. P. Lovecraft
1047. **Noite em claro** – Martha Medeiros
1048. **Poemas clássicos chineses** – Li Bai, Du Fu e Wang Wei
1049. **A terceira moça** – Agatha Christie
1050. **Um destino ignorado** – Agatha Christie
1051(26). **Buda** – Sophie Royer
1052. **Guerra Fria** – Robert J. McMahon
1053. **Simons's Cat: as aventuras de um gato travesso e comilão – vol. 1** – Simon Tofield
1054. **Simons's Cat: as aventuras de um gato travesso e comilão – vol. 2** – Simon Tofield
1055. **Só as mulheres e as baratas sobreviverão** – Claudia Tajes
1057. **Pré-história** – Chris Gosden
1058. **Pintou sujeira!** – Mauricio de Sousa
1059. **Contos de Mamãe Gansa** – Charles Perrault
1060. **A interpretação dos sonhos: vol. 1** – Freud
1061. **A interpretação dos sonhos: vol. 2** – Freud
1062. **Frufru Rataplã Dolores** – Dalton Trevisan
1063. **As melhores histórias da mitologia egípcia** – Carmem Seganfredo e A.S. Franchini
1064. **Infância. Adolescência. Juventude** – Tolstói
1065. **As consolações da filosofia** – Alain de Botton
1066. **Diários de Jack Kerouac – 1947-1954**
1067. **Revolução Francesa – vol. 1** – Max Gallo
1068. **Revolução Francesa – vol. 2** – Max Gallo
1069. **O detetive Parker Pyne** – Agatha Christie
1070. **Memórias do esquecimento** – Flávio Tavares
1071. **Drogas** – Leslie Iversen
1072. **Manual de ecologia (vol.2)** – J. Lutzenberger
1073. **Como andar no labirinto** – Affonso Romano de Sant'Anna
1074. **A orquídea e o serial killer** – Juremir Machado da Silva
1075. **Amor nos tempos de fúria** – Lawrence Ferlinghetti
1076. **A aventura do pudim de Natal** – Agatha Christie
1078. **Amores que matam** – Patricia Faur
1079. **Histórias de pescador** – Mauricio de Sousa
1080. **Pedaços de um caderno manchado de vinho** – Bukowski
1081. **A ferro e fogo: tempo de solidão (vol.1)** – Josué Guimarães
1082. **A ferro e fogo: tempo de guerra (vol.2)** – Josué Guimarães
1084(17). **Desembarcando o Alzheimer** – Dr. Fernando Lucchese e Dra. Ana Hartmann
1085. **A maldição do espelho** – Agatha Christie
1086. **Uma breve história da filosofia** – Nigel Warburton
1088. **Heróis da História** – Will Durant
1089. **Concerto campestre** – L. A. de Assis Brasil
1090. **Morte nas nuvens** – Agatha Christie
1092. **Aventura em Bagdá** – Agatha Christie
1093. **O cavalo amarelo** – Agatha Christie
1094. **O método de interpretação dos sonhos** – Freud
1095. **Sonetos de amor e desamor** – Vários
1096. **120 tirinhas do Dilbert** – Scott Adams
1097. **200 fábulas de Esopo**
1098. **O curioso caso de Benjamin Button** – F. Scott Fitzgerald
1099. **Piadas para sempre: uma antologia para morrer de rir** – Visconde da Casa Verde
1100. **Hamlet (Mangá)** – Shakespeare
1101. **A arte da guerra (Mangá)** – Sun Tzu
1104. **As melhores histórias da Bíblia (vol.1)** – A. S. Franchini e Carmen Seganfredo
1105. **As melhores histórias da Bíblia (vol.2)** – A. S. Franchini e Carmen Seganfredo
1106. **Psicologia das massas e análise do eu** – Freud
1107. **Guerra Civil Espanhola** – Helen Graham
1108. **A autoestrada do sul e outras histórias** – Julio Cortázar
1109. **O mistério dos sete relógios** – Agatha Christie
1110. **Peanuts: Ninguém gosta de mim... (amor)** – Charles Schulz
1111. **Cadê o bolo?** – Mauricio de Sousa
1112. **O filósofo ignorante** – Voltaire
1113. **Totem e tabu** – Freud
1114. **Filosofia pré-socrática** – Catherine Osborne
1115. **Desejo de status** – Alain de Botton
1118. **Passageiro para Frankfurt** – Agatha Christie
1120. **Kill All Enemies** – Melvin Burgess
1121. **A morte da sra. McGinty** – Agatha Christie
1122. **Revolução Russa** – S. A. Smith

1123. Até você, Capitu? – Dalton Trevisan
1124. O grande Gatsby (Mangá) – F. S. Fitzgerald
1125. Assim falou Zaratustra (Mangá) – Nietzsche
1126. Peanuts: É para isso que servem os amigos (amizade) – Charles Schulz
1127. (27). Nietzsche – Dorian Astor
1128. Bidu: Hora do banho – Mauricio de Sousa
1129. O melhor do Macanudo Taurino – Santiago
1130. Radicci 30 anos – Iotti
1131. Show de sabores – J.A. Pinheiro Machado
1132. O prazer das palavras – vol. 3 – Cláudio Moreno
1133. Morte na praia – Agatha Christie
1134. O fardo – Agatha Christie
1135. Manifesto do Partido Comunista (Mangá) – Marx & Engels
1136. A metamorfose (Mangá) – Franz Kafka
1137. Por que você não se casou... ainda – Tracy McMillan
1138. Textos autobiográficos – Bukowski
1139. A importância de ser prudente – Oscar Wilde
1140. Sobre a vontade na natureza – Arthur Schopenhauer
1141. Dilbert (8) – Scott Adams
1142. Entre dois amores – Agatha Christie
1143. Cipreste triste – Agatha Christie
1144. Alguém viu uma assombração? – Mauricio de Sousa
1145. Mandela – Elleke Boehmer
1146. Retrato do artista quando jovem – James Joyce
1147. Zadig ou o destino – Voltaire
1148. O contrato social (Mangá) – J.-J. Rousseau
1149. Garfield fenomenal – Jim Davis
1150. A queda da América – Allen Ginsberg
1151. Música na noite & outros ensaios – Aldous Huxley
1152. Poesias inéditas & Poemas dramáticos – Fernando Pessoa
1153. Peanuts: Felicidade é... – Charles M. Schulz
1154. Mate-me por favor – Legs McNeil e Gillian McCain
1155. Assassinato no Expresso Oriente – Agatha Christie
1156. Um punhado de centeio – Agatha Christie
1157. A interpretação dos sonhos (Mangá) – Freud
1158. Peanuts: Você não entende o sentido da vida – Charles M. Schulz
1159. A dinastia Rothschild – Herbert R. Lottman
1160. A Mansão Hollow – Agatha Christie
1161. Nas montanhas da loucura – H.P. Lovecraft
1162. (28). Napoleão Bonaparte – Pascale Fautrier
1163. Um corpo na biblioteca – Agatha Christie
1164. Inovação – Mark Dodgson e David Gann
1165. O que toda mulher deve saber sobre os homens: a afetividade masculina – Walter Riso
1166. O amor está no ar – Mauricio de Sousa
1167. Testemunha de acusação & outras histórias – Agatha Christie
1168. Etiqueta de bolso – Celia Ribeiro
1169. Poesia reunida (volume 3) – Affonso Romano de Sant'Anna
1170. Emma – Jane Austen
1171. Que seja em segredo – Ana Miranda
1172. Garfield sem apetite – Jim Davis
1173. Garfield: Foi mal... – Jim Davis
1174. Os irmãos Karamázov (Mangá) – Dostoiévski
1175. O Pequeno Príncipe – Antoine de Saint-Exupéry
1176. Peanuts: Ninguém mais tem o espírito aventureiro – Charles M. Schulz
1177. Assim falou Zaratustra – Nietzsche
1178. Morte no Nilo – Agatha Christie
1179. Ê, soneca boa – Mauricio de Sousa
1180. Garfield a todo o vapor – Jim Davis
1181. Em busca do tempo perdido (Mangá) – Proust
1182. Cai o pano: o último caso de Poirot – Agatha Christie
1183. Livro para colorir e relaxar – Livro 1
1184. Para colorir sem parar
1185. Os elefantes não esquecem – Agatha Christie
1186. Teoria da relatividade – Albert Einstein
1187. Compêndio da psicanálise – Freud
1188. Visões de Gerard – Jack Kerouac
1189. Fim de verão – Mohiro Kitoh
1190. Procurando diversão – Mauricio de Sousa
1191. E não sobrou nenhum e outras peças – Agatha Christie
1192. Ansiedade – Daniel Freeman & Jason Freeman
1193. Garfield: pausa para o almoço – Jim Davis
1194. Contos do dia e da noite – Guy de Maupassant
1195. O melhor de Hagar 7 – Dik Browne
1196. (29). Lou Andreas-Salomé – Dorian Astor
1197. (30). Pasolini – René de Ceccatty
1198. O caso do Hotel Bertram – Agatha Christie
1199. Crônicas de motel – Sam Shepard
1200. Pequena filosofia da paz interior – Catherine Rambert
1201. Os sertões – Euclides da Cunha
1202. Treze à mesa – Agatha Christie
1203. Bíblia – John Riches
1204. Anjos – David Albert Jones
1205. As tirinhas do Guri de Uruguaiana 1 – Jair Kobe
1206. Entre aspas (vol.1) – Fernando Eichenberg
1207. Escrita – Andrew Robinson
1208. O spleen de Paris: pequenos poemas em prosa – Charles Baudelaire
1209. Satíricon – Petrônio
1210. O avarento – Molière
1211. Queimando na água, afogando-se na chama – Bukowski

1212. **Miscelânea septuagenária: contos e poemas** – Bukowski
1213. **Que filosofar é aprender a morrer e outros ensaios** – Montaigne
1214. **Da amizade e outros ensaios** – Montaigne
1215. **O medo à espreita e outras histórias** – H.P. Lovecraft
1216. **A obra de arte na era de sua reprodutibilidade técnica** – Walter Benjamin
1217. **Sobre a liberdade** – John Stuart Mill
1218. **O segredo de Chimneys** – Agatha Christie
1219. **Morte na rua Hickory** – Agatha Christie
1220. **Ulisses (Mangá)** – James Joyce
1221. **Ateísmo** – Julian Baggini
1222. **Os melhores contos de Katherine Mansfield** – Katherine Mansfield
1223.(31). **Martin Luther King** – Alain Foix
1224. **Millôr Definitivo: uma antologia de *A Bíblia do Caos*** – Millôr Fernandes
1225. **O Clube das Terças-Feiras e outras histórias** – Agatha Christie
1226. **Por que sou tão sábio** – Nietzsche
1227. **Sobre a mentira** – Platão
1228. **Sobre a leitura *seguido do* Depoimento de Céleste Albaret** – Proust
1229. **O homem do terno marrom** – Agatha Christie
1230.(32). **Jimi Hendrix** – Franck Médioni
1231. **Amor e amizade e outras histórias** – Jane Austen
1232. **Lady Susan, Os Watson e Sanditon** – Jane Austen
1233. **Uma breve história da ciência** – William Bynum
1234. **Macunaíma: o herói sem nenhum caráter** – Mário de Andrade
1235. **A máquina do tempo** – H.G. Wells
1236. **O homem invisível** – H.G. Wells
1237. **Os 36 estratagemas: manual secreto da arte da guerra** – Anônimo
1238. **A mina de ouro e outras histórias** – Agatha Christie
1239. **Pic** – Jack Kerouac
1240. **O habitante da escuridão e outros contos** – H.P. Lovecraft
1241. **O chamado de Cthulhu e outros contos** – H.P. Lovecraft
1242. **O melhor de Meu reino por um cavalo!** – Edição de Ivan Pinheiro Machado
1243. **A guerra dos mundos** – H.G. Wells
1244. **O caso da criada perfeita e outras histórias** – Agatha Christie
1245. **Morte por afogamento e outras histórias** – Agatha Christie
1246. **Assassinato no Comitê Central** – Manuel Vázquez Montalbán
1247. **O papai é pop** – Marcos Piangers
1248. **O papai é pop 2** – Marcos Piangers
1249. **A mamãe é rock** – Ana Cardoso
1250. **Paris boêmia** – Dan Franck
1251. **Paris libertária** – Dan Franck
1252. **Paris ocupada** – Dan Franck
1253. **Uma anedota infame** – Dostoiévski
1254. **O último dia de um condenado** – Victor Hugo
1255. **Nem só de caviar vive o homem** – J.M. Simmel
1256. **Amanhã é outro dia** – J.M. Simmel
1257. **Mulherzinhas** – Louisa May Alcott
1258. **Reforma Protestante** – Peter Marshall
1259. **História econômica global** – Robert C. Allen
1260.(33). **Che Guevara** – Alain Foix
1261. **Câncer** – Nicholas James
1262. **Akhenaton** – Agatha Christie
1263. **Aforismos para a sabedoria de vida** – Arthur Schopenhauer
1264. **Uma história do mundo** – David Coimbra
1265. **Ame e não sofra** – Walter Riso
1266. **Desapegue-se!** – Walter Riso
1267. **Os Sousa: Uma família do barulho** – Mauricio de Sousa
1268. **Nico Demo: O rei da travessura** – Mauricio de Sousa
1269. **Testemunha de acusação e outras peças** – Agatha Christie
1270.(34). **Dostoiévski** – Virgil Tanase
1271. **O melhor de Hagar 8** – Dik Browne
1272. **O melhor de Hagar 9** – Dik Browne
1273. **O melhor de Hagar 10** – Dik e Chris Browne
1274. **Considerações sobre o governo representativo** – John Stuart Mill
1275. **O homem Moisés e a religião monoteísta** – Freud
1276. **Inibição, sintoma e medo** – Freud
1277. **Além do princípio do prazer** – Freud
1278. **O direito de dizer não!** – Walter Riso
1279. **A arte de ser flexível** – Walter Riso
1280. **Casados e descasados** – August Strindberg
1281. **Da Terra à Lua** – Júlio Verne
1282. **Minhas galerias e meus pintores** – Kahnweiler
1283. **A arte do romance** – Virginia Woolf
1284. **Teatro completo v. 1: As aves da noite *seguido de* O visitante** – Hilda Hilst
1285. **Teatro completo v. 2: O verdugo *seguido de* A morte do patriarca** – Hilda Hilst
1286. **Teatro completo v. 3: O rato no muro *seguido de* Auto da barca de Camiri** – Hilda Hilst
1287. **Teatro completo v. 4: A empresa *seguido de* O novo sistema** – Hilda Hilst
1289. **Fora de mim** – Martha Medeiros
1290. **Divã** – Martha Medeiros

1291. Sobre a genealogia da moral: um escrito polêmico – Nietzsche
1292. A consciência de Zeno – Italo Svevo
1293. Células-tronco – Jonathan Slack
1294. O fim do ciúme e outros contos – Proust
1295. A jangada – Júlio Verne
1296. A ilha do dr. Moreau – H.G. Wells
1297. Ninho de fidalgos – Ivan Turguêniev
1298. Jane Eyre – Charlotte Brontë
1299. Sobre gatos – Bukowski
1300. Sobre o amor – Bukowski
1301. Escrever para não enlouquecer – Bukowski
1302. 222 receitas – J. A. Pinheiro Machado
1303. Reinações de Narizinho – Monteiro Lobato
1304. O Saci – Monteiro Lobato
1305. Memórias da Emília – Monteiro Lobato
1306. O Picapau Amarelo – Monteiro Lobato
1307. A reforma da Natureza – Monteiro Lobato
1308. Fábulas *seguido de* Histórias diversas – Monteiro Lobato
1309. Aventuras de Hans Staden – Monteiro Lobato
1310. Peter Pan – Monteiro Lobato
1311. Dom Quixote das crianças – Monteiro Lobato
1312. O Minotauro – Monteiro Lobato
1313. Um quarto só seu – Virginia Woolf
1314. Sonetos – Shakespeare
1315. (35).Thoreau – Marie Berthoumieu e Laura El Makki
1316. Teoria da arte – Cynthia Freeland
1317. A arte da prudência – Baltasar Gracián
1318. O louco *seguido de* Areia e espuma – Khalil Gibran
1319. O profeta *seguido de* O jardim do profeta – Khalil Gibran
1320. Jesus, o Filho do Homem – Khalil Gibran
1321. A luta – Norman Mailer
1322. Sobre o sofrimento do mundo e outros ensaios – Schopenhauer
1323. Epidemiologia – Rodolfo Sacacci
1324. Japão moderno – Christopher Goto-Jones
1325. A arte da meditação – Matthieu Ricard
1326. O adversário secreto – Agatha Christie
1327. Pollyanna – Eleanor H. Porter
1328. Espelhos – Eduardo Galeano
1329. A Vênus das peles – Sacher-Masoch
1330. O 18 de brumário de Luís Bonaparte – Karl Marx
1331. Um jogo para os vivos – Patricia Highsmith
1332. A tristeza pode esperar – J.J. Camargo
1333. Vinte poemas de amor e uma canção desesperada – Pablo Neruda
1334. Judaísmo – Norman Solomon
1335. Esquizofrenia – Christopher Frith & Eve Johnstone
1336. Seis personagens em busca de um autor – Luigi Pirandello
1337. A Fazenda dos Animais – George Orwell
1338. 1984 – George Orwell
1339. Ubu Rei – Alfred Jarry
1340. Sobre bêbados e bebidas – Bukowski
1341. Tempestade para os vivos e para os mortos – Bukowski
1342. Complicado – Natsume Ono
1343. Sobre o livre-arbítrio – Schopenhauer
1344. Uma breve história da literatura – John Sutherland
1345. Você fica tão sozinho às vezes que até faz sentido – Bukowski
1346. Um apartamento em Paris – Guillaume Musso
1347. Receitas fáceis e saborosas – José Antonio Pinheiro Machado
1348. Por que engordamos – Gary Taubes
1349. A fabulosa história do hospital – Jean-Noël Fabiani
1350. Voo noturno *seguido de* Terra dos homens – Antoine de Saint-Exupéry
1351. Doutor Sax – Jack Kerouac
1352. O livro do Tao e da virtude – Lao-Tsé
1353. Pista negra – Antonio Manzini
1354. A chave de vidro – Dashiell Hammett
1355. Martin Eden – Jack London
1356. Já te disse adeus, e agora, como te esqueço? – Walter Riso
1357. A viagem do descobrimento – Eduardo Bueno
1358. Náufragos, traficantes e degredados – Eduardo Bueno
1359. Retrato do Brasil – Paulo Prado
1360. Maravilhosamente imperfeito, escandalosamente feliz – Walter Riso
1361. É... – Millôr Fernandes
1362. Duas tábuas e uma paixão – Millôr Fernandes
1363. Selma e Sinatra – Martha Medeiros
1364. Tudo que eu queria te dizer – Martha Medeiros
1365. Várias histórias – Machado de Assis
1366. A sabedoria do Padre Brown – G. K. Chesterton
1367. Capitães do Brasil – Eduardo Bueno
1368. O falcão maltês – Dashiell Hammett
1369. A arte de estar com a razão – Arthur Schopenhauer
1370. A visão dos vencidos – Miguel León-Portilla
1371. A coroa, a cruz e a espada – Eduardo Bueno
1372. Poética – Aristóteles
1373. O reprimido – Agatha Christie
1374. O espelho do homem morto – Agatha Christie
1375. Cartas sobre a felicidade e outros textos – Epicuro
1376. A corista e outras histórias – Anton Tchékhov
1377. Na estrada da beatitude – Eduardo Bueno

lepmeditores
www.lpm.com.br
o site que conta tudo

IMPRESSÃO:

PALLOTTI
GRÁFICA

Santa Maria - RS | Fone: (55) 3220.4500
www.graficapallotti.com.br